坂の中のまち

中島京子

文藝春秋

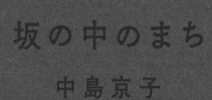

坂の中のまち

装画　森優
装丁　大久保明子

目次

フェノロサの妻

久世志桜里《くぜしおり》さんは、ヒッピーをしていたころがあるらしい。

そう教えてくれたのは、わたしの母だけれど、ヒッピーというのがどんなものなのか、いまひとつ想像が追い付かない。

髪の毛をふわふわさせてバンダナのようなものを巻き、殴られたみたいに見えるアイメイクをしてペイズリー柄のロングスカートを穿いているようなイメージでいいのだろうか。もしそんな格好のおばあさんが出てきたら、どうすればいいのか。

そうしたわたしの期待と懸念は、ボブスタイルのグレーヘアにゆったりした白いシャツ、黒いサブリナパンツを穿いて金縁の眼鏡をかけた、粋なおばあさんの出現で一掃されたが、ヒッピーにしても、おしゃれシニアモデルになりそうな人物にしても、そんな人がなぜ、夏になるとお手製のサンドレスを「アッパッパー」と呼んで着て、下駄を履いて歩いていたわたしの祖母・澄江《すみえ》と「親友」だったのか、わけがわからない。

親友。

「それ以上の関係だったかもね」

と、母・珠緒《たまお》は含み笑いをしたが、それはもしかして祖母と志桜里さんが恋愛関係にでもあったということなのか。彼女はレズビアンなのか。それともバイセクシュアルというか、ヒッピー世代となると、フリーセックス的に、ありとあらゆる方向に性を解放させてたりしたってことなのか。妙な含み笑いのせいで、とくに想像したいとも思えないようなことを想像させるとんちんかんな母が、わたしを志桜里さんのところに送り込んだのはしかし、やはり祖母と彼女の友情によるものなのである。

北陸の高校を卒業して東京の女子大への進学を決めたわたしに母は、東京に出てもいいが、それなら志桜里さんのところに下宿しろと言い出した。あまり親に負担をかけたくはないから、上京したら寮生活かなと思っていたのだけれど、志桜里さんのところなら学校まで歩いて数分だし、行ってみて気が合わなかったら寮に変えればいいじゃないのと母は言う。

「志桜里さんちなら、おばあちゃんだって若い時によく遊びに行ったし、わたしが二年間、学生生活を送ったのもあそこだったんだしねえ」

と、母は言う。

「志桜里さんていう人はいいって言ってるの?」

「いいも悪いも、志桜里さんは何年か前に退職金で家を全面リフォームして、空いてる部屋を学生に貸し始めたんだもん。あんたの行く大学がもっとほかのところにあるならいざ知らず、志桜里さんちの目と鼻の先にあるのに、お世話にならないって言いにくいなあ。向こうが断ってくるなら別だけど。人助けと思ってそこに行きなさいよ。それに、じっさい、志桜里さんとこにいてくれれば、わたしたちとしては安心だもの」

ふだんあまり意見を求められない父も、いきなり「わたしたち」と主語を一つにまとめられて、そうだなあ、おばあちゃんの親友の家というのは、たしかに安心感があるなと不用意に相槌を打った。

しかし、彼はわたしと母の会話の前半の、志桜里さんがヒッピーだったという大事なくだりを聞いていなかったのだから、そんなふうに安易に安心感を持つべきなのかどうかわからない。ヒッピーが信用できないとかそういうことではなくて、父が期待するような保守的な安心感を、元ヒッピーのおばあさんが父のような人間に与えてくれるものなのか疑問だからだ。

ともあれ、わたしの下宿先は、志桜里さんの経済事情と、うちの両親のあいまいな安心感が落としどころを決める形で決まった。二〇一九年の、春のことである。

三月の終わりにそこを訪れると、桜はもうかなり散っていたけれど、それでも駅の向こう側に立っている大きなソメイヨシノの木から、風に飛ばされて花弁が舞って、そういう季節なんだ、わたしはこれからここで学生生活を始めるのだと、いちおう感慨にふけったりもしたのであった。

にぎやかな大通りを離れるようにゆるやかな坂道を下ると、桜の花が美しい、拓殖《たくしょく》大学の門の脇に、地名の由来になったという茗荷《みょうが》畑がある。畑といっても二畳ほどの狭い植え込みに案内板が立っているだけの、言い訳のようなものだったが、江戸時代には小日向《こひなた》から早稲田《わせだ》にかけて、広い畑が広がっていたのだという。

その谷底にある小さな畑からは、こんどは幅の広い上り坂が続いた。てっぺんまで登り切ったあたりに、その少し変わった家はあった。この家は入り口を三つも持っていて、三軒の小さな家を無理やりくっつけたような、不思議な構造をしているのだ。

表札には「久世」とあった。そう、彼女の名前は、久世志桜里だ。祖母と同い年なら、七十二か三、一九四六年生まれのはずだった。

「いらっしゃい。待ってたわ。さ。中に入って。とりあえず、一息つきますか。お茶でも淹《い》れるから。カバンは玄関に置いといて。あなたの部屋は東側だから、あとで持っていってちょうだい。それとも、いますぐ部屋を見たい？」

顔を見るなり躊躇《ちゅうちょ》せず話しかけてくる態度には、やはり友人の孫への親愛の情めいたものを感じ取ってもいいのだろうか、それとも単に、これはこの人の性格ゆえなのだろうか。思案がてら、背負っていたリュックから菓子折りを取り出して、

「お世話になります」

と頭を下げると、

「あら、すみません、なに、これ、和菓子？　あらそう、じゃ、やっぱりお茶を淹れよう。

これをいっしょにいただいてから、家を案内しましょう」

と、相手は一人で決めてしまった。

「お祖母ちゃまのお葬式で会ったときはこーんなだったのにねえ（と、手の平を下に向けて腰のあたりまで下ろす）。それであなたは、真智《まち》さんというのね。坂中《さかなか》真智さん」

「はい。よろしくお願いします」

坂中、坂中と、志桜里さんは口の中でその言葉を転がすように発音する。

お母さんはお元気、とか、澄江さん（祖母だ）はちょっと早く亡くなりすぎたわねえ、というような、初対面の二人の関係を確認する会話が続くのだろうと予想していると、志桜里さんは、そういうことにはまるで触れもしなかった。菓子折りを開いてうさぎの形の蒸し饅頭をうれしそうに菓子鉢に入れると、長く使っているらしい、音の鳴る薬缶《やかん》で沸かした湯を、まず、ぽってりした湯呑二つに注ぎ、唐突に、坂の話を始めたのだった。

「来るとき、坂があったでしょ」

「あ、はい。下りと上りと」

「ここの地名は小日向っていうんだけど、地形上の呼び名は小日向台と言う。向こうは小石川台、本郷台、こっちがわは関口台って、東京はいろんな台が組み合わさってできてるの。いつのまにかコヒナタと呼ぶようになったけれど、昔はコビナタと濁ったのね。コビナタダイマチのほうが、コヒナタダイマチより、いくらか言いやすいでしょう」

言われて、口のなかでコヒナタダイマチ、コビナタダイマチと言ってみる。

「いくらか言いやすいのよ」

　こちらの結論を待たずに、志桜里さんは続ける。はい、と、小さく相槌を打つと、老女は満足げにうなずいた。

「東京の土地には、昔々、地球が氷河期だった時代に形成された洪積層の武蔵野台地と、氷河期が終わってから、川や海が少しずつ土砂を運んで造った沖積層の低地という、二つの違う時間にできあがった場所が、同じ空間に存在してるの。昔、中学かなんかで習ったでしょう。洪積層は約二百万年前から一万年前くらいの間に堆積した地層、沖積層はそのあと、いまに至る時間に造られた地表って」

　あなたもこれからここの住人となるのだから、少し、このあたりのことを知っておいたほうがいいと思うの、と、言いながら彼女は湯呑で冷ました湯を萬古《ばんこ》の急須に入れる。しかし、このあたりのことといって、まさか二百万年前から語り起されるとは思わなかった。たしか、定年退職する以前はどこかの大学の事務職員だったとかいう話だけれど、大学勤めが長いと話し方やなにかも、先生めいてくるということがあるんだろうか。

　志桜里さんは、湯呑にきれいな若葉色のお茶を注ぎながら、あいかわらず地層の話を続けている。

「東京の都心部と多摩の一部は武蔵野台地の上に立っているのだけど、水を通さない粘土質の層と、水を通す礫層《れきそう》が積み重なっていて、礫層の部分から地下水が染み出して流れを作るのね。それが、台地を切り取って流れ、川に注いだ。その証拠に、坂を下って低地にたどり着くと、そこにはたいてい川がある。だから、武蔵野台地の、ことに東部には、水が切り出した谷が枝のように入り組んで、いくつもの舌状《ぜつじよう》台地があらわれる。ここ、小日向台というのも、そうした、東京を形成する台地の一つで、崖のように切り立った台地から一直線に坂を下ると、神田川に行きつくの。神田川が江戸時代の初めに造られた川だということはご存じね」

え、知りませんでした、と正直に言うのと、はい、と適当にうなずくのと、この場合、どちらが感じのいい店子《たなこ》に見えるのだろうかと思案していると、老女は今度もこちらの結論を待たずに、話を進めた。

「もとは平川《ひらかわ》と呼ばれた大きな川だったんだけど、海水が上ってきてどうにも飲料に適さない。それで江戸市中に真水を提供するために、郊外の井の頭池、善福寺池、妙正寺池《みようしようじ》から流れる川の水を平川に集めて、神田上水を整備したのね。下流は江戸川と呼んで区別したんだけども、その両方がいまは神田川と呼ばれてる。この治水工事のときに、目白下に堰を作って水位を上げて水を運んだ。明治時代に、開渠《かいきよ》だったその水路に石蓋をした名残が、ちょうど小日向台から急坂を下るとぶつかる、巻石通りという地名に残ってるの。あなた、タクシーなんかで夜、帰ってくるようなことがあれば、巻石通りを入って、小日向の信号のところで折れて坂を上がってって、きっと、運転手さんに言うことになるわね」

「まきいしどおり、ですか」

タクシーで家に戻るときに覚えた方がいい地名と聞いて、少し話題についていけそうな気がしてきたので、ようやく「はい」以外の言葉を口にすると、志桜里さんは大きくうなずいた。

「誰も知らないのよ。いまはもう、なぜ巻石通りと呼ばれているかなんて。あなた、これでタクシーの運転手さんに自慢できるわよ」

はあ、と言って、わけもわからず愛想笑いをしてみせた。まだ来たばかりで、タクシーに乗る状況というのが想像できないところへもってきて、自分がいきなり運転手に向かって地名の由来を自慢するというシチュエーションが、なかなか頭に浮かばない。

「坂にもいろいろな名前がついているのよ。いちばん有名なのはきっと、切支丹坂ね」

好みのお茶が入ったらしく、湯呑を口から外してにんまりした志桜里さんは、いただくわと言って饅頭を割った。

「キリシタンざか？」

「江戸時代に、キリシタンを収容していた屋敷がその先にあって、このあいだ、その屋敷跡にマンションを建てるというので、地下を掘ったら、骨が出ちゃってね」

その先、と言いながら、志桜里さんはひとさし指を外に向けた。

「骨？」

ついにわたしも話に引き込まれた。

というか、そんな薄気味の悪いところに住んでもだいじょうぶなのかという気持ちが芽生えて、思わず声を上げたのだ。

「そう！」

流れた不穏な空気を変えようとでも思ったのか、志桜里さんは、骨の存在が幸福を呼ぶとでもいうように、ぱちんと音を立てて両手を合わせ、楽しそうな顔をしてみせる。

「新井白石《あらいはくせき》に西洋事情を説明したイタリア人のシドッチ神父って人の骨なんだって」

「そんな、人名まで、骨からわかるのですか！」

「わかるらしい。最近は、ＤＮＡ検査とか、いろんなもんがあるじゃない？」

洪積層の話をしたときは妙に細かかったのに、ＤＮＡ云々には、わりと大雑把な志桜里さんである。

「ただね、坂のことを言えばね。じつは、切支丹坂というのが、なぞの坂なのね」

「なぞの坂とは」

「どの坂のことなんだか、わかってないのよね」

「え？　有名なのに？」

「そう。その、骨の出てきた切支丹屋敷のすぐ脇を、丸ノ内線の下をくぐるトンネルまで下る急坂があって、いまはそれを切支丹坂と呼ぶことになっているらしいけれど、そのトンネルをくぐりぬけると、かなりな段数のあるコンクリートの階段がある。区の建てた案内板には、庚申《こうしん》坂と説明があるんだけど、そっちが、どうやら切支丹坂と呼ばれていたふしもあるのねえ」

ね、ね、あなた、地図見る？　と言って、志桜里さんはテーブルの下からもぞもぞと

「詳細！　便利！　大文字で老眼にやさしい」と書かれた大判の東京都地図を取り出し、端を折り込んだページを開いてみせた。あれこれ説明するそばから、あなた、お持たせなんだから、遠慮せずにお饅頭を食べなさいと、志桜里さんは唐突に気遣いを見せる。

わたしも地図を見るのは嫌いではなかったし、話を聞いているうちに、荷物を置いたら少し散歩してみようかという気になりかけていたから、志桜里さんが「このあたり」と大まかに指で丸を描いてみせた界隈《かいわい》を、意外に真剣に目を凝らして見ることになった。

「ちょっと、見てて。よかったら、お茶のお代わりも勝手にしてて。お饅頭もいっぱい食べて。今日は、わたしたち、二人しかいないんだから」

そう言うと、志桜里さんは立ち上がって、本棚のほうに行ってしまった。今日は二人しかいないとは、どういうことなんだろう。ここには志桜里さん一人しか住んでいないと、聞いていたのだけれど。

地図には鉛筆で「切支丹坂ここか？」「切支丹坂こっちか？」「鷺坂」「蛙坂」「藤坂」などなど、おそらく志桜里さんが自分で書き込んだらしい、坂の名前が書いてあった。「シドッチ・骨」などの書き込みもある。

さらに、「切支丹坂」の隣にカッコ書きで「幽霊坂」とあり、少し先には「暗闇坂」というのもあって、志桜里さんの坂への偏愛に触れるとともに、なんだかやはり気味の悪さをぬぐえなくなっているところへ、志桜里さんはよれて端がめくれた文庫本を二冊持って戻ってきた。

「こっちが夏目漱石《なつめそうせき》」

その岩波文庫も、とあるページで角が折ってあったのは、それがお目当ての短編「琴のそら音」であるからのようだった。

「主人公が、小日向台町に住んでるの」

それがなにか自慢ででもあるかのように、志桜里さんは鼻を膨らませる。

「大雨の夜の話なんだけれど、主人公は白山御殿町《はくさんごてんまち》ってとこに住んでいる友だちの下宿から、自宅に帰ろうとするのよね。それで、植物園の脇の坂道を下って」

言いながら、彼女は老眼にやさしい大判地図の、比較的大きな緑色をした「小石川植物園」を指さしてみせる。

「それから極楽水《ごくらくすい》っていうところを歩いてる。極楽水がある場所は、吹上坂と呼ばれるこの坂なの」

志桜里さんの指は、彼女自身の手で「吹上坂」と書かれた場所に移動する。

「そこで『昨日生れて今日死ぬ奴もある』なんて不吉なことを言う人とすれ違いながら、『竹早町《たけはやちょう》を横《よこ》ぎって切支丹坂へかかる』とあるの。竹早町は、このへん。だから、いまだと春日通りを渡って。ね。やっぱり、この坂を下ったと思われるでしょう。『此暗闇《このまっくら》な坂を下りて、細い谷道を伝って、茗荷谷を向《むこう》へ上って七八丁行けば小日向台町の余が家へ帰れるのだが、向へ上る迄がちと気味がわるい』ってんだから、切支丹坂を下ってるのよ。もし、文京区の案内板通りに、切支丹坂が切支丹屋敷の脇の道だとしたら、竹早町方面から来たら上り坂じゃなきゃおかしい。だから、漱石の切支丹坂は、春日通りから下りて来る、この坂よね」

志桜里さんはまた、指先でぽんぽんと、春日通りと線路に挟まれた階段を指し示す。彼女の地図には「播磨《はりま》坂・桜の名所」と書き込まれていたりして、よく見るとお気に入りのレストランやケーキショップも書いてある。洪積層から始まった話は、なんのことはない、近所の観光ガイドのつもりなのかもしれない、と、一瞬、好意的に解釈しかけたが、とはいえ志桜里さんはまだまだ、切支丹坂の話をしている。

「それでこっちが田山花袋《たやまかたい》。かの有名な『蒲団』です。書き出しがこれよ。『小石川の切支丹坂から極楽水に出る道のだらだら坂を下りようとして渠《かれ》は考えた』。ね。また、切支丹坂と極楽水、つまり、だらだら坂は吹上坂よ。この小説の主人公は、牛込矢来町《やらいちょう》に住んでいる。その地図だとここ。こっちからこう来るとなると、ちょうど、漱石の主人公と逆方向から行くことになるでしょう。花袋の考える切支丹坂が庚申坂でないとなると、『切支丹坂からだらだら坂』へと話がスムーズにつながらない。だから、明治時代の切支丹坂は、どうやらいまは庚申坂と呼ばれている位置にあったと思うのが自然よね。もちろん、地下鉄も階段もなかったころの切支丹坂は、いまとは風景の違うものだっただろうけれど」

そういえば東京では地下鉄が地上を走っていると、何かの本で読んだことがあったけれど、それがこれから暮らすことになる家から徒歩一分の場所にあることに、わたしは改めて驚いたのだった。

「ほかにも、鷺坂とか蛙坂とか、印象的な坂があるの。鷺坂と名付けたのは、堀口大學《ほりぐちだいがく》や、佐藤春夫《さとうはるお》なんかの、大正期の詩人グループだそうよ。堀口大學とそのお父さんが住んでたのは、小日向台でも久世山って呼ばれたあたりでね。ちょうど鷺坂を上ったところに久世大和守の屋敷があって、それで久世山と名前がついた。金剛寺《こんごうじ》坂の方に行くと永井荷風《ながいかふう》生育地の碑も立ってるわ。まあねえ、そういう文学碑みたいなのは、あっちこっちに立ってるものだけれど。碑を立てるくらいなら、きっと安いもんなのね」

久世山。久世。志桜里さんの姓は久世というのではなかったかと、急に思いついて、饅頭を割る手が止まる。

「あ、じゃあ、志桜里さん、久世さんというのは」

眼鏡のずれを直しながら、ちょっと得意げな表情を見せた志桜里さんは、

「ね。そう思うでしょ。思うよねえ。でも、違うの。うちは、そうね、祖父さんから先は、どういう先祖なんだかさっぱりわからない、庶民なもので」

そうしてようやくたどり着いたのが、志桜里さんがなぜこの土地を所有しているかの物語だったのだが、かといって、素直に「うちの先祖は」という話が始まったわけではない。

「小日向台町は、もとは武家屋敷があって、地形から言っても階層から言っても、山の手と言われるのが当然なんだけどもね。そして久世山でわかるように、維新後はお屋敷町だったわけね。鳩山一郎の大きな屋敷も残ってる」

「はとやまいちろう？」

「昔の政治家よ。鳩山由紀夫のおじいさんよ」

「はとやまゆきお？」

「あとで、その、あなたがたの、ググるというのをやってちょうだい」

「あ、はい。あとでググります」

「でも、じつはね。この町に多いのは、学生寮なのよ。小日向だけでも、岡山県学生寮と岐阜県学寮と奈良県学舎がある。長らく無人の廃墟として小日向のひそかな名物になっていたのは、昭和の初めにできた台湾人学生寮の清華寮《せいかりょう》だった。守備範囲を、小石川、大塚、白山あたりまで伸ばしてもいいということであれば、備中《びっちゅう》、会津、石川、富山、愛知、三河って、ごろごろある」

「あ、文京区だから？」

自信なく口にすると、志桜里さんはピンポン、とひとさし指を立てた。

「明治の世になって、旧大名の江戸藩邸があったところに、東京に出なければ学問が成らない有為《ゆうい》の若者を寄宿させる寮ができたのが、このあたりだった。東大に近いし、早稲田にも近い。お茶ノ水あたりの学生街にも近いですものね。そんなこんなで、このあたりは大正から昭和の初めくらいには、日本一の下宿旅館街だったんだって」

「下宿旅館？」

「なにしろ下宿屋は新しい商売で、需要があったみたい。いまはもう、本郷まで行かないとその名残もないけど。ただね、昭和二十年、敗戦の年の山の手空襲でひどいダメージを受けて、ここらは焼け野原になるでしょう。うちの父親は、なにをどうやったんだか知らないけど、戦後のどさくさに紛れて、ここの土地をもとの地主から買って家を建てたわけ」

「じゃあ、そのころに、下宿屋を？」

志桜里さんは、うーうん、と言いながら、首を横に振った。

「親父はただのサラリーマン」

「でも、うちの母は、こちらから大学に通ったと」

「あ、だって、それはもう、最近の話だから」

「さいきん？」

気をつけなきゃいけないことだが、この年齢の人にとっては、一九九〇年代は最近なのである。二〇〇〇年代生まれにとっては、驚愕の事実だ。

「親父は亡くなっていて、わたしと母だけが住んでいて、空いてる部屋を澄ちゃんに頼まれて、珠緒ちゃんに貸したのよ」

懐かしむように目をちょっと外に向けると、

「似てるわ、やっぱりちょっと、珠緒ちゃんに」

と、ようやく、そんな会話にたどり着いた。

スーツケースは玄関からいったん外に引っ張り出されて、東側の入り口から部屋に運び込まれた。全体で八畳くらいのワンルームには、すべてが小ぶりながら、ベッドとクローゼットと勉強机のほかに、トイレと冷蔵庫とパウダーキッチンがあった。鍵付きの引き戸を開ければ志桜里さんのいる母屋の建物の廊下に出て、お風呂やランドリースペースにまっすぐ行ける。時間帯さえ工夫すれば志桜里さんとまったく顔を合わせずに過ごすこともできる造りになっていた。

「プライバシーはたいせつにしなきゃね。お風呂と洗濯機が共有のアパートと思ってくれたらいいわ。でも、必要なときは、母屋のダイニングキッチンとリビングを使ってくれてもいい。わたしはたいてい二階にいるから、なにかあったらインターホンで呼んでちょうだい。悪いけど、賄《まかな》いは無理。珠緒ちゃんのころはいっしょに食事もしたけど、いまは作り置きのいい加減なおかずと冷凍ごはんの一人飯が気楽すぎて。でも、余ったお惣菜を交換したり、醤油の貸し借りなんかは大歓迎」

古い家を思い切って改装したのは十五年ほど前で、退職金を元手に、下宿人を置けるようにリフォームしたのだそうだ。とはいっても、この十五年に西側と東側の両方の部屋が埋まっていたことはほとんどないらしい。一人きりなので年金だけでも暮らせないこともない。ただ、この家を気に入った子は長く住む。いちばん長く住んだのは、大学院も行って六年もいたと、志桜里さんは自慢げに言うのだった。

部屋に落ち着いてから真っ先にしたのは、散歩だった。

家から例の、切支丹坂までは目と鼻の先で、その先の、庚申坂だか切支丹坂だかを上り切って大通りの信号を渡り、少しだけ左へ折れると出現する桜の並木道は、葉桜とはいえ、壮観だった。ほんの五百メートルほどの坂道の、両脇には感じのいいレストランやケーキショップが軒を連ね、まんなかには、ベンチや小川の流れる遊歩道がある。その左右の道にも遊歩道にも立派なソメイヨシノがたくさん植えられていて、たしかに見ごろには圧巻なのに違いない。坂道を下りきった先には小石川植物園がある。

その、播磨坂と呼ばれる桜並木を下って、Uターンして上って、家に戻る途中にある大きなスーパーマーケットで食材を調達した。

部屋に戻ると、ダウンロードした「琴のそら音」を読んでみたりした。幽霊の出てくる怪談かと思いきや、キュートなラブコメみたいなストーリーだ。しかし、小日向台町から四谷の婚約者の家まで雨上がりのぬかるんだ道を全速力で逢いに行くのだから、昔の人はよく歩いたのに違いない。四谷に行くなら後楽園で南北線に乗り換えるほうが、丸ノ内線でぐるっと回るよりも早いわよと志桜里さんは言うのだが、「ぐるっと回る」というのがなんだかよくわからない。

大学はまだ始まらない。

入学式は次の日曜で、そのときには両親が上京することになっていた。

そんな、中途半端な春の日に、志桜里さんは突然、留守を頼むといって出かけて行った。沖縄に住んでいる知人が亡くなって、お通夜に出席するためなのだという。

「だけど困ったことにねえ、今日、ちょっと、人が来ることになってるのよ。あ、でも、いいの、わたしに用があるわけじゃなくて、西側の部屋に泊まるだけだから」

新しい下宿人が来るのかと聞けば、そうではないのだと志桜里さんは言う。

「友だちの友だちが観光で来るので、宿を貸す約束してるのよ。ただね、その人、東京には二日しかいなくて、京都へ行くって話だから、ちょうど、すれ違いになっちゃう。ほんとに悪いんだけど、その人が来たら部屋の鍵を渡してあげてくれる？」

「観光客にお部屋を貸してるんですか？」

「そう。民泊というやつ」

「エアーB&Bですか？」

「よくわからないわ、それ。友だちの友だちまでの範囲にしか貸さないから」

「外国の人ですか」

「そう。今日来るのは、アメリカ人の女の人。メアリーさん」

「あーあ、なるほどね」

「なに、なるほどって」

「志桜里さん、ヒッピーしてたから！」

わたしの頭に、バンダナにペイズリー柄のワンピースの志桜里さんが浮かんだ。ヒッピーというとやはり、放浪しているに決まっているし、外国に行ってもホテルなんかには泊まっていなくて、ヒッピー仲間のつてで誰かの家に転がり込んだりするのが、ふつうなんじゃないかと、なけなしのヒッピー知識を総動員して想像してみる。

「ヒッピーっていうかなあ」

志桜里さんはそこに多少、ひっかかりがあるようで、なにやらぶつぶつ言っていたけれども、飛行機の時間も迫っていたし、とにかく人が来たら鍵を渡してやってくれ、支払いはもう済んでるからとだけ言って、飛び出すように出かけてしまった。

一人になると、ちょっと大胆になって、母屋のリビングに出かけてみたりした。

本棚にはなんと「小日向」コーナーがあって、夏目漱石と田山花袋だけではなく、このあたりが舞台になっていると思われる本、ガイドブックみたいなものが相当数並んでいる。コレクションには吉田修一の『ひなた』と、木内昇《きうちのぼり》の『茗荷谷の猫』、不思議なところでは村上春樹の『１Ｑ８４』もあった。引っ張り出してみると、そこは志桜里さんらしく、容赦なくページの角が折ってあり、「なんで牛河、小日向に住む？」という書き込みの横には怒った人の顔みたいな絵がついていた。どうも、小説の内容云々よりも、小日向との関係だけを読んでいるらしい。本にはそういう読み方というのもあるのか。

夕方近くになって、呼び鈴が鳴った。インターホンに顔を近づけてみると、少し困ったような顔の女の人が映っている。駅からの坂道はそこそこ角度があるので、荷物を持っているとけっこう疲れるのだ。

「お待ちください」

と声をかけて、志桜里さんの玄関から、西側の部屋の鍵を握って外に出る。

一見して、しまったと思ったのは、彼女が外国人だったことだ。アメリカ人のメアリーさんが来るとたしかに聞いてはいたのだが、会って面と向かって挨拶しなければならない事態になるまでは、コミュニケーションのための言語についてなど、思いつきもしなかった。ナイス・トゥ・ミーチュー。

しかし、一応、センター試験だって理数よりは英語で点を取ったんだし、北陸の田舎の高校とはいえ学校にはカナダ人の陽気なティーチング・アシスタントがいて、それらしい会話を教えてくれていたんだし、だいいち、ここには自分以外誰もいないから、多少、へんな英語を話そうが知ったことかと思うことにして、まずは、あなたはメアリーさんですか、みたいなことから話し始めてみたわけだ。アー・ユー・メアリー？

メアリーさんは、イエス、と答えた。

正しくは、メアリー・マックニールさんというらしい。

わたしはメアリーさんといっしょに西側の入り口の鍵を開け、彼女の荷物を部屋に入れた。西側にあるこの部屋も、ほぼ、わたしの借りている部屋と同じ什器《じゅうき》が置いてあり、引き戸を開けると母屋の廊下に出ることができた。

「ここでシャワーを浴びられます」

とか、

「タオルは部屋にあるのを使っていいです」

とか、先輩風を吹かして説明していたが、そうこうしているうちに驚いたのは、急に稲光がして、ザーッというたいへんな音とともに、雨が降ってきたことだ。

ストーム！

と、彼女が言った。

はい、ストーム。春の嵐というやつか。唐突に滝のように降り始めた雨のせいで、気分的にも物理的にも閉じ込められたみたいになったアメリカ人とわたしは、少し気づまりなので志桜里さんのリビングに進出してお茶を飲むことにした。メアリーさんの部屋にはなにもなかったし、わたしの部屋に招き入れるにはまだお互い打ち解けていなかったし、これは中間地点で関係を深めあうのが適当であろうと、わたしなりに考えた末のことである。

豪雨被害、という文字が頭に浮かぶような雨で、とうぜんのことながらわたしは読んだばかりの「琴のそら音」を思い出したわけだけれど、別におそろしげな犬の遠吠えが聞こえたりはしなかったし、幽霊が出てきそうな雰囲気もなかった。

観光もできなければ食事に出る気にもならないらしいメアリーさんのために、部屋からカップラーメンを二つ持ってきて、実演とともにおすそわけしてあげると、メアリーさんは目を丸くして、感嘆の声をあげた。

わたしのつたない英語で理解したところによると、メアリーさんはなんとアメリカではそこそこ名の知れた小説家なのだそうである。しかし、日本での翻訳はまだ出ていないらしい。メアリーさんは、夫の仕事について日本に来たことが何度かあって、それで興味を持った日本を舞台にした小説も書いたということだった。

さらに興味深かったのは、なぜメアリーさんが新宿や六本木や銀座みたいなところに宿をとらずに、この茗荷谷にやってきたかといえば、日本滞在中にここ「小日向」に家を借りていたことがあったからなのだという。

「コビナタ」

と、メアリーさんは発音した。

それが「コヒナタより、いくらか言いやすい」という事情によるものなのかどうか。

ただ、なんにでも抑揚をつけないと話せない外国人には、「コ」のあとは「ビ」のほうが発音しやすいのかもしれない。どことなく、コンビナートみたいに聞こえる発音で、メアリーさんは、志桜里さんと共通するような熱心さで、「コビナタ」への愛を語るのだった。

べつに夜通し、メアリーさんとつきあう義理はさらさらなかったはずなのだけれども、人懐《ひとなつ》こいアメリカ人はどうもいっしょにいたそうだった。雨はやまないし、カップラーメンは食べてしまったし、料理をする気も起らず、褒められたような買い置きもなしということで、なけなしのスナック菓子類とストロング系の缶チューハイを投入し、

「これは、サケとは違う種類の伝統的なリカーで焼酎と呼ばれるスピリッツを、レモンジュースと炭酸水で割った、日本ではもっとも愛されているカクテルです」

と説明すると、日本通のメアリーさんは、

「オー、ショーチュー！」

と、いとおしそうに叫んで、躊躇なく缶を開けた。なぜ未成年のわたしがそんなものを持っていたかといえば、東京に出るにあたって歓送会を開いてくれた地元の友人のうち、酒屋の息子の富永《とみなが》先輩が気を利かして、賞味期限切れの近いカップ麺やらスナック菓子やらトマト缶なんかといっしょに段ボールに入れて送ってくれたものが、ちょうどその日に届いていたからだ。飲みすぎ注意！　と、アリバイのように汚い字で書いてあったけれど、注意してほしいならそもそも、送るべきではないのではなかろうか。正直に告白すると、ビールとふつうのチューハイは飲んだことがあったが、ストロング系は、このときが初体験である。

飲みやすく、酔いやすく、安上がりで知られたその缶チューハイを、それぞれ一本ずつ飲み干したわたしたちは、ありえないほど簡単に出来上がってしまった。

アルコールは人の語学力をマックス以上にする不思議な飲み物である。わたしはその夜、メアリーさんとの間に言語の壁があることを忘れた。そしてメアリーさんも、わたしとの間にあるべきなにかの壁を、アルコールの力でひらりと飛び越えてしまった。

気がつくとわたしは彼女がそれまで誰にも打ち明けることのなかった深遠かつ重大な悩みを聞かされたばかりか、流ちょうな英語で彼女を慰めすらしたのであった。

十八歳の小娘が！

人生の機微《きび》とかぜんぜん知らないんですけど。

メアリーさんは、三回結婚している。最初の夫とは死別、二度目の夫とは離婚していて、それぞれの結婚で一男一女をもうけた。三度目の結婚では子どもは持たなかった。二度目と三度目の夫が、両方とも日本に縁があって、それでメアリーさんは何度も日本に来ている。わたしなんかとは比べ物にならないくらい、いろんなところを旅していて、日本文化に造詣《ぞうけい》も深く、なんと仏教に帰依《きえ》までしているのだった。

自分はブディストだというメアリーさんのきらきらしたまなざしをみていたら、もしかして彼女もヒッピーだったんじゃないかという憶測にとらわれた。メアリーさんは不思議な人で、ほんとうに年齢不詳だった。三十代くらいに見えるかと思えば、うっかりすると志桜里さんと同世代に見えなくもなかったのだ。すべては酒のせいかもしれないのだが。

「ヒッピーってなに?」

眉間《みけん》にしわをよせて、メアリーさんは逆質問してきた。ヒッピー。ヒピー? ヘッペー・カルチュワー。いろんな発音を試してみたが、メアリーさんは不審げな表情を崩さない。どうもメアリーさんはヒッピーではないようだった。

そして彼女の悩みとは、ブディズムについてでもヒッピーカルチャーに関してでもなく、彼女が作家であるのに、人々がそれを軽視していることについてだった。

「それはたしかに、作品について夫の意見を聞いたり、参考にしたりしたことはある。とくに、日本に関しての彼の知見はとても大事だったから、彼の考えを登場人物に語らせる場面も作ったけど、でも、全体のストーリーを考えて、小説を書いたのはわたし。彼とのコラボレーションなんかではない。ましてや彼がわたしのゴーストライターなんかじゃない。でも、いつのまにかそんな話が独り歩きしてるの。あれをほんとうに書いたのは、メアリーじゃなくて夫のアーネストだ。メアリーひとりでは、あんなものが書けるわけはない。不愉快なのは、夫がそれを否定しないことよ。違うと言ってくれればいいのに。否定しないであいまいに笑うの。そうしたら誰だって、ああ、彼が書いたんだと思うじゃないの！」

メアリーさんは、とても悔しそうに顔をゆがめた。

「そりゃあ、もう、ひどいです。ひどすぎます。アーネストさんがちゃんと言うべきです」

わたしは酒の力を借りて、せいいっぱい、言い放った。

「そうでしょう？　彼はそれをわたしが書いたってことを知ってるんだから」

「世間てやつもいやですよね。ほんとは夫がって、そういうストーリーを、好きな人が多すぎるんですすよ！」

「言いたくないけど、その話を広めてるのは彼の元妻なの。リジーがわたしを貶《おとし》めようとしてるのよ」

「うわー、それだったら、もう、ぜったい、アーネストさんがびしっと言わないと。なにをしてるんですか、アーネストさんはっ！」

「ていうか、彼もいろいろ鬱屈するものがあるのかも。仕事があまりうまくいかなくて」

「アーネストさんがメアリーさんに嫉妬してるんじゃないんですか？」

「え？」

「ほんとはアーネストさん、自分が有名になりたいんじゃないですか？」

「あなた、ちょっと、ドキッとすることを言うわね」

「わたしは、そおゆう、おんなが損するみたいのは、ぜったいに、いやなんです！」

「あー、スッキリした。言っちゃってよかったー！」

「ここでスッキリしててもだめです、メアリーさん！　アメリカ帰ったら、アーネストさんにびしっと言ってやってください。わたしからもお願いしますっ！」

「言う！　わたし、ぜったい言う！」

「そこはもう、ほんとに、やっちゃってほしいなあ」

そんなことを話して、肩を叩きあったのを覚えている。

覚えているのは、そこまでだ。


目が覚めるとそこにメアリー・マックニールさんはいなくて、そのかわりに非常に困惑した表情の志桜里さんが座っていた。

「まあ、まあ、あなた、だいじょうぶ？」

「はい。すみません。だいじょうぶです」

「来た早々、こんなことになるとは。お母さんには内緒にしとくけどもさ」

「すみません、メアリーさんとちょっとお話ししていて」

「メアリーさん？　まあ、まあ、まあ、とにかく、あなた、お風呂に入って着替えて、ちゃんとベッドでもう一回寝たら？　今日、用事はないんでしょ」

「用事は、とくに」

志桜里さんは笑いを押し隠すのがせいいっぱいという表情で、ともあれわたしは言われたとおりに、シャワーを浴びてから自分の部屋に行って二度寝したのだが、起きると母屋につながる引き戸の下に「沖縄のお土産があるから、取りにきませんか。よかったらお茶でもしない？」というメモが入っていた。

正直、昨日の今日でサーターアンダギーやちんすこうのような、重ためのお菓子が食べられるような気はしなかったが、お茶は飲みたいので着替えて出ていくと、志桜里さんはくすくす笑っていて、ごめんなさいね、わたしが間違えて変なこと言ったから、と言うのだった。

「友だちのお通夜で慌ててしまって。メアリーさんが来るのは明日だったわ」

「メアリーさん、明日も泊まるんですか」

「明日もじゃなくて、明日ね」

「でも、いま、来てますよ、メアリーさん」

志桜里さんは困ったようにため息をついた。

「まあ、わたしも若いころは、いろんなことをしたから、余計なことを言うつもりはないけれども、真智ちゃんはまだ、自分のお酒の量がわかってないのかもしれないな。それは、やっぱり気をつけたほうがいい」

わたしたちはお互いに不信の目を向けあうことになった。

そして最終的に、二人して鍵を持って西側の部屋に行き、そこにメアリーさん本人もスーツケースもなにもかも、わたしが昨日目にしたものがないことを確認した。

志桜里さんは、わたしがストロング系チューハイのせいで夢を見たことにしたがったが、メアリーさんとは飲む前に出会っているので、わたしは納得がいかなかった。メアリーさんは、わたしが寝ている間に京都旅行に出発したのではないだろうか。

「メアリー・マックニールさんですよ」

「ほらね。違う。うちに泊まるのは、マックニールさんじゃなくて、ユースチェックさんだもの」

「ユースチェックさん？」

「メアリー・ユースチェックさん。わたしの世界放浪時代の古い友だちの、友だち」

「志桜里さんはやはり、世界放浪をしていたのですか。ヒッピーとして」

「ヒッピーっていうかなあ」

志桜里さんは立ち上がって、書棚から本を一冊持って戻ってきた。

「あなた、この本を昨日、読んだのじゃない？」

本の表紙には着物を着た外国人の女性の写真があって、『フェノロサの妻』と書いてあった。読んでませんけど。

「メアリー・マックニールって、どこかで聞いたことがあると思ったら、明治時代のお雇い外国人だったフェノロサの二番目の妻で、たしかにこのあたりに住んでいたことがある。明治三十二年、一八九九年の四月から、翌年の夏までかな。帰国してからフェノロサ夫妻はアラバマ州に家を建てて『コビナタ』と名付けたそうよ」

写真の女性は、メアリーさんに似ているようでもあり、そうでないようでもあった。

翌日、メアリー・ユースチェックさんは無事に来日し、西側の部屋に入ったが、マックニールさんとはまったくの別人だった。渋谷のスクランブル交差点や新宿歌舞伎町、それからゴールデン街に出かけて行って、ワイルドな東京をエンジョイして、次の日早々に京都へ旅立っていった。志桜里さんとはほんとうに、鍵の受け渡し以外に話もしていないようだった。完全に、エアーB&Bの客といった感じだった。

そんなわけで、わたしが志桜里さんにあの話を聞かされたのは、それからまた二、三日後で、入学式のために両親が上京する前の日のことだった。

あなたがここに来て一週間経つからお祝いをしようと志桜里さんが言い出し、お寿司を取ってくれたのだ。志桜里さんが作った梅酒とか、缶ビールとか、水で割った焼酎なんかが飲み放題のように用意してあり、枝豆や醬油とジャムで煮込んだドラムスティックみたいなおつまみもあったので、二人のためにこんなにと驚いたけれども、それは翌日来るわたしの両親と四人で食べる予定のものの、味見なのだという話だった。

「どれくらい飲めるか練習した方がいいわよ」

先日の失態があったため、完全に信用を無くしていたわたしの酒量を見計ろうという思惑があってのことのようだったが、こちらもそうは簡単に見破られまいと、アルコールは慎重に摂取していたつもりだったのに、きっとお酒には弱いんでしょう、たちまちいい気持ちになってきて、

「ちょっと驚かせるかもしれないんだけどさ」

という前置きを志桜里さんがしたときには、どっからでも来い、みたいなことを、口にしていたらしい。

「若いときにはいろいろあってね。澄ちゃんと知り合ったあと、わたしは大学を中退して旅に出てしまってね。その後、しばらくは、なんだろう、それこそアメリカで住み込みの女中をしていたりとか、沖縄にいたりとか、まあ、いろんなことがあってねえ。澄ちゃんとは、それでも、手紙のやり取りなんかしてたんだけど」

二十代の半ばに結婚してね、相手は日系のアメリカ人で、写真を撮ってる人でね、いっしょに日本にも来たんだけど、いろいろあって彼は本国へ帰ったの。そのあとすぐ、妊娠がわかったのよね、と志桜里さんはなんでもないことのように続けた。

「そのころ、澄ちゃんはすごく悩んでてね」

「おばあちゃんが？」

「うん、そう。あんたんちのおばあちゃん、大学出てすぐ結婚したんだけども、子どもができなくてね。それで、もうすぐ三十になるのにってね、悩んでて」

「だけど、二十代ならまだだいじょうぶでしょう。おじいちゃんはその道の権威で」

「そうそう。大久保《おおくぼ》先生はその後、不妊治療の大家になられるんだけども、あのころはまだ、世界中見渡しても、体外受精すら成功してなかったころで」

「ほんと？」

「うん、ほんと。あなたのお母さんが生まれるのは一九七五年で、世界初の試験管ベビー誕生は一九七八年のルイーズちゃん」

「知らなかった」

「それで、わたしと澄ちゃんはいいことを思いついた。わたしが産んで、澄ちゃんが育てることにしたわけよ」

「え？　じゃあ、志桜里さん、子どもを産んだことがあるの？」

「そうそう」

「男の子？　女の子？」

「女の子」

「いまどうしてるの？」

「だからさ。いま、言ったように、わたしが産んで、澄ちゃんが育てることにしたわけね」

「え？　じゃあ、なに？　お母さんに、姉妹みたいのがいたってこと？」

「じゃなくてさ。澄ちゃんは産めなくて悩んでいたわけだからさ」

「え？　どういうこと？」

　アルコールに弱いわたしは、何度も何度も同じ質問を繰り返し、そしてとうとう、その事実が頭に入るころには、酔いがすーっと醒めて行ったのを思い出す。

「まさか」

「まさかじゃないの。ほんと。でも、そんなに驚くことでもないよ。わたしと澄ちゃんは親友同士で、姉妹みたいなもんだし、親しい間柄で養子縁組って、いまでも珍しくないでしょう」

「じゃあ、お母さんは、久世家から養子に来たっていうこと？」

「でも、ないんだな。これが」

「養子ではない？」

「うん。めんどくさいでしょう、そういうこと。だから、実子として届け出た」

「そっちのほうが、ややこしくない？」

　どうなんだろうねえ、と言って、志桜里さんはオン・ザ・ロックにした梅酒を口に含んだ。

「だけど、あのころは、母親が日本人だってだけでは、子どもが日本国籍取れなかったから」

「どういうことですか？」

「日本の国籍法が変わって、両親のどちらかが日本国籍を持っていれば子どもも日本の国籍が取れるようになったのは、たかだか三十年ちょっと前の話で」

「ほんと？」

「うん、ほんと。それ以前は父親が日本人じゃないと、日本の国籍は取れなかったの」

「なにそれ。じゃ、生まれた子どもはどうなるの？」

「わたしと彼はそのころまだ婚姻関係にあったから、子どもは父親のほうの、アメリカの国籍は取れたはず。ただ、その彼というのに放浪癖があって、どこにいるかわからなくて、すぐに連絡が取れなかったのよ」

「彼氏さんもヒッピーだったんだ」

「うん、まあ、そんな感じかも。だから、わたしがひとりで日本で産むと、その子の国籍が宙に浮いちゃう。もちろん、なにかしら手続きをすれば、あるいは数年とか時間をかければ、大久保家の養子にすることはできたと思うけど、そっちのほうがややっこしいと、当時、わたしたちは思ったわけさ」

「それ、おじいちゃんも知ってるの？」

「ええ、この計画を作成実行に及んだのは、誰あろう、大久保先生で」

「え？　おじいちゃんが？」

「だって、産婦人科の先生だよ。出生証明書だって書けるわけだしね」

わたしの頭は完全に冴えわたった。

おじいちゃんが！

わたしの知る、大久保産婦人科の老先生は、口数少なく謹厳実直《きんげんじっちょく》で、そんな大それた行動を起こす人間には見えなかったんだけれども。

「珠緒ちゃんを取り上げたのも大久保先生。わたしは大久保病院に入院して出産し、澄ちゃんが珠緒ちゃんを抱いて退院した」

「うそでしょ！」

「うそじゃない。当時の看護師さんも、事情はよくわかってて、誰にも言わなかった」

それからしばらくの間、わたしと志桜里さんは黙ってお寿司を食べた。

坂の下から運ばれてきた出前寿司はおいしかったが、わたしの頭は混乱していた。なにこれ、どういうこと？　志桜里さんが、赤ちゃんを産んで、おばあちゃんがそれを育てて。って、それ、どういうこと？

しみじみと卵焼きを食べ終わってから、わたしは志桜里さんに尋ねた。

「どうして、それ、いま、わたしに、志桜里さんが教えてくれてるんですか？」

「さあ」

志桜里さんはお吸い物をずずっと吸い上げて、考えるような目をした。

「そうしろと珠緒ちゃんが言うもんだから。そして、四半世紀くらい前に、珠緒ちゃんが東京に出てくるときに、澄ちゃんがそうしろって言ったから」

「じゃあ、お母さんも、大学生になるときにこの話を？」

「そう。そのときに知らせるって、澄ちゃんが決めてたみたいで」

そう言うと、志桜里さんは膝立ちになってにじり寄ってきて、いきなり、わたしを抱きしめた。

「かつて、わたしのモットーは、ドント・トラスト・オーバー・サーティーだったんだけど、いまやドント・トラスト・アンダー・セブンティーが身につまされる年になっちゃって」

わたしを抱きすくめたまんまの志桜里さんは、気がつくとちょっと涙ぐんでいた。

「子どもを欲しいと思ったことがなかったし、人生に後悔はまったくない。だけど、珠緒ちゃんが生まれて、それを澄ちゃんが育ててくれたことは、わたしの人生最大の宝物の一つなんだよ」

わたしは醒めていたけれども、志桜里さんは酔っぱらっているに違いなかった。

昨夜に引き続き雨が降っていて、坂の多いお屋敷町のどこからか、たおやかな琴の音が聞こえてきた。

隣に座るという運命について

おたおたしながらも大学生としての新生活が始まった。

同じ高校から来ている友だちがひとりもいないから、履修登録だのなんだの、何をするにも不安で神経をとがらせているらしく、下宿に帰ると疲れ果てて寝ている。

幸い、大学までは徒歩十五分の距離なので、講義と講義の合間にも戻ってきて寝たりしている。大学生になってから、睡眠時間が爆増だ。

語学のクラス（ちなみにわたしの第二外国語は中国語）で、声をかける友だちはできつつあるけれど、こういう、「隣に座ったから」とかいう感じの友だち作りが、あとあとどう展開するのかはまったく読めない。「隣に座った」のは、鹿児島のとても有名な進学校からやってきた、背の高い、押しの強い人物で、本名より先に、わたしが覚えたあだ名は「よしんば」だった。

なにしろ「よしんば」が口癖らしい。そんな口癖ってある？　べつに出身地とはなんの関係もないようである。なぜなら、彼女の高校時代のあだ名からして、もうすでに「よしんば」だったからだ。

隣に座ったよしみでいっしょにごはんでも食べようかということになり、つるんで学食に行ったのだが、こちらもたまたま向かいの席に座った「舞踏科」の一年生の金子泉《かねこいずみ》さん(彼女はバレリーナだそうで、背が高く、痩《や》せていて、それでいて、すごくしっかり食べるのである)と三人で自己紹介をし合ったときに、自分のことは「よしんば」と呼んでくれていいと、そう言ったのだ。

わたしは「真智ちゃん」、金子泉さんは「泉さん」(あんなに背が高くてきれいな人を、ちゃんづけでなんか呼べるわけがない)、そしてすごくふつうのちゃんとした名前を持っているはずの彼女のことは「よしんば」と呼ぶことになった。

「これから、わたし、会話のどこかで『よしんば』ってたぶん、言うから」

と、あだ名の由来を説明したあとでつけ加えたものだから、わたしと泉さんは、どこでその奇妙な日本語が出てくるか、気が気ではなくなった。じっさい、その日の会話の中では使われず、したがって、その不思議な言葉がどういう文脈で放たれるのかを実体験するチャンスを逃したわたしは、とうぜんのことながら、二人とわかれてからスマホで検索をかけた。もちろん、うっすら意味は想像できたけれども、具体的な使用例と切り離されて発されると、その言葉がゲシュタルト崩壊的に分裂してきて、なんだかよくわからないものになってしまうわけで。

「たとえ(～であるとしても)」「仮に(そうであったとしても)」。それが「よしんば」の意味だ。それはそんなに驚かない。

驚いたのはそれが「縦んば」と漢字で書くことである。これは読めない。たぶん、試験に出たら解答できない。三択かなにかなら、勘を働かせて「いくらなんでも、たてんば、ではないだろう」とか考えて、当てることもできるかもしれないが、単純に「（　）内に読みを入れなさい」だとダメだ。

わたしが実際に、彼女がその言葉を放つのを聞いたのは、それから十日もしないころだったように記憶している。

わたしたちが入ったのは文化学科というところで、主に外国文化と言語、文学などを勉強する学科だが、一年生の間は細かい専攻分けをせず、一般教養的な科目を多く履修して二年目にそれぞれ専門分野を決めることになっている。

それで、二年目はどこに行くつもりなのか、という、わりに当たり障りのないと思われる会話をしていて、わたしが日本文化科にしようと思うと言ったら、彼女は真剣な顔つきで、なぜそうしたいのかと問い詰めだした。

「うーん。高校のときは英語もそんなに成績悪くなかったんだけど、ここに来たら、みんなすごいできる感じだから、英文は難しいかなと思って。中国語はまだ、アーとかウーとか発音しか習ってないレベルだから、これで語学とか文学とか研究するのは道が遠そうだし。いちばんできたの、国語だったから、やっぱり日文かな。本を読むのは好きだし」

「真智ちゃん、だけど、そんな、消去法でいいの？　三年みっちり、勉強するんだよ。もっと積極的なモチベーションがないと、負けるんじゃない？」

「負けるって、何に？　てか、誰に？」

「自分にだよ」

自分に？　負ける？

人生に勝ち負けを導入する発想に慣れていないので、ものすごくピンとこなかったのだけれども、続けて彼女はこう言ったのだった。

「よしんばそれで専攻を決めたとしても、まわりにはもっとモチベの高い人たちがいるわけじゃない？　そんな中で、気持ちが負けてしまわない？　もちろん、いま、ただちに決めなければならないわけではないし、これから二年次になるまでにしっかりした目標を定めればいいけれど、一年なんてあっという間じゃない。いくばくもないよ」

よしんば！　よしんば、こういうふうに使うのか！　それに「いくばくもない」とは。

「よしんばちゃん、よしんばって言ったね！」

「あ、言った？」

自分でも、古語みたいなのを使うと妙に聞こえるという自覚があるのか、ちょっと顔を赤らめて、

「よしんばに、ちゃんはいらないよ。よしんばでいいよ」

と、もごもごご返してくる。

「うん。慣れたら、ちゃんは外すけど、まだ、あったほうが呼びやすいから」

「じゃあ、いいよ。ちゃんづけでも」

「よしんばちゃんは、どうするの？　専攻は中国文化科？」

「そこはいま、悩んでるところ。日本語と中国語の歴史的な相互関係について研究しようと思ってるから。たぶん、日文のほうだと思うけど」

「歴史的な、相互関係？」

「そう。言語交流史っていうかね。漢語が日本語を作った過程にも関心あるんだけど、近代以降の日本からの言葉の輸出についても興味あって。だけど、近代以降もただ一方的なものではなかったと思うし。なかんずく、インターネット時代になってから増えて行ってる日本語由来の中国語にも興味あるの。だからそれを体系的に、どういう状況でどういう影響を相互に与えあってるかを勉強してみたいし、その中でテーマが深まっていくはずだから、卒論に絞り込むんだ」

わたしは口を「あ」と「お」の真ん中くらいに開けて、よしんばの話を拝聴した。

なかんずく。よしんばだけじゃなかったんだ。

「なかんずくっていうあだ名にはならなかったんだね？」

つい、そんな言葉が口に出てしまい、よしんばはキョトンとした顔でこちらを見る。

「なかんずく？」

「あ、いや、なかんずくっていうのもさ、あんまり使わないような気がして。よしんばと同じくらい、使わないかな。あ、でも、よしんばちゃんが使うと、すごくしっくりくるし、いい感じだよ。よくわかる。特にって意味でしょ」

「あー、それは。あだ名として長すぎるからじゃない？　あだ名ってせいぜい、四文字までなんじゃない？」

「そうかも。なかんずくちゃんって言いにくいしね」

「ちゃん、いらないけどな」

「そういう、古めかしい言葉を使うようになったのには、なんか背景があるの？　あ、ごめんね。ちょっと聞いてみただけだから、答えたくなかったらスルーして」

「べつにいいよ、聞いても。おじいちゃんの影響だと思う。うち、両親が共働きで、わりと、おじいちゃんといっしょにいることが多かったから。おじいちゃん、定年退職してからは習字の先生していて、いっつも家にいたんだ。それで、しゃべる言葉がね、おじいちゃんっぽくなった」

「おじいちゃん、お元気なの？」

「わたしが中学のときに死んじゃったんだけどね。ゆくりなくとか、さはさりながらとか、日常言語だったもんで」

「ゆくりなく？」

「うん。例文は、そうだなあ。今日はおじいちゃんの幽霊がゆくりなく部屋を訪ねてきた、とかね」

「幽霊が？」

「あ、そこにポイントはないんだ。高校の同級生と上野駅でゆくりなく再会したとかね。偶然とか、思いがけず、みたいな」

よしんばの、習字の先生をしていたおじいちゃんを勝手に思い浮かべて、死んだ祖父のことをそれこそ「ゆくりなく」思い出したりした。

わたしが知る限り、祖父の頭頂に毛はなかった。

そしていつも老眼鏡をかけていた。

祖父の父、わたしの曾祖父の代から産婦人科医で、近隣の人たちのお産を一手に引き受けていた彼は、性別を超越している雰囲気があり、穏やかで無口で、とてもまじめな人柄だった。孫にもやさしいという印象はないが厳しくもなく、取り上げた子どもの一人として成長は気にしているといった態度で接していた。

志桜里さんのとつぜんの告白により、わたしの生物学的な祖母が澄江さんではなく志桜里さんだとわかり、しかも偽の出生証明書を書くなんて大胆なことをやってのけたばかりか、志桜里さんの子どもを澄江さんの子どもとして届け出て、何食わぬ顔をして育てるという出産劇の全シナリオを書いたのが、祖父・大久保莞爾《かんじ》であるという事実を知ったいま、あの、仕事以外なにも考えていないように見えた禿頭の中を、割って覗いて見たかった気がしてくる。いったい、どんな顔、どんな口調で、その提案をしたものか！

だけど、わたしにとっては、仕事ばかりしている大久保産婦人科の院長先生はそんなに親しい存在ではなかったのだった。引退する年齢に達する前に、彼は脳溢血《のういっけつ》で逝ってしまった。だから、毎日、習字の先生のおじいちゃんと会話したり、おやつを食べたりしていたに違いない、よしんばの幼少期は、ちょっとうらやましくも思える。

家に帰ると志桜里さんが、豆ごはんを炊いたからいっしょに食べるかと聞いてくれた。

わたしたちの食事はたいていそれぞれ別だけれど、たまにこんなふうに声をかけてくれることがある。いなり寿司だったり、パエリアだったり。いっしょに食べなくても、余ったものをお弁当に持って行ってもいいと言ってくれたりする。志桜里さんが、実のおばあちゃん（という言い方も妙だと思うけれど）だと知ってからは、こうした血縁者同士の交流を、もしかしたら志桜里さんは求めているのかなあという気がして、誘われたら積極的に時間を作るようにしている。ただ、この元ヒッピーのおばあちゃんの言動は、予想がつかなかったり、リアクションに困らされたりすることも多い。

大学の語学の授業でたまたま隣の席に座ったのが、よしんばというあだ名の子で、その子がいまのところいちばんの仲良し、という話をすると、志桜里さんは躊躇なく、

「わたしと澄ちゃんもそうだった」

と、相槌を打った。

「隣に座るって、そりゃもう、運命だわよ」

志桜里さんは、思い出に浸りつつ、うっとりしたように言う。

「それ以外に、なんの接点もない感じだったの、澄ちゃんとわたしは。いや、おもしろい人だったわよ、澄ちゃんは。だけど、なんというのかしら、まじめを絵に描いたっていう

よりも、もっと強烈な個性だったわね」

大久保産婦人科の院長夫人としての祖母は、さほど強烈な人ではなかった。院長夫人という言葉がイメージ喚起するラグジュリアスな人物像とはほど遠く、たいへん地味な格好をする地味な人だった。社会生活の上では、専業主婦としての人生を全うした人だったから、女子大生時代にオリジナリティを放っていたとは考えづらかった。

「そうね、彼女の個性をわかってもらうのは難しいわ」

そう言うと、志桜里さんは本気で眉間にしわを寄せ、記憶を額の奥から引っ張り出すような顔つきになった。

「あのころ、わたしたち、たいていどこへ行くにも都電に乗ってたの。大学の前に停留所があってねえ。それで、まあ、どこへ行ったか忘れたけど、乗ってたのよね、わたしたち。まだ、入学して間もないころで、澄ちゃん以外に知り合いもいなくて。そのとき、たまたま、小銭を持ってなくてね」

「志桜里さんが？」

「そう。当時、運賃はたしか二十円だったんだけど」

「それは安いですね！」

「だって、五十年以上前よ。十円、足りなかったの。それで、澄ちゃんに、貸してって言ったらね」

わたしは身構えた。あの、ばあさん、何を言ったんだろう！　いや、ばあさんではなくて、女子大生だったころのおばあちゃんだけれども。

「『どうしよっかのうー』って言って、いなくなっちゃったの」

「え？　貸してくれなかったんですか？」

「うん、そう。それがまあ、わたしたちの出会いというか、話しかけた初めての日」

「初めての日ってことは、まだ知り合ってないのでは」

「そんなことない。隣に座ってたから、お互い、顔見知りではあったわけよ」

「でも、十円、貸さなかったんだ！」

「『どうしよっかのうー』って言ってね。あれは強烈だったわね」

志桜里さんは、懐かしそうに眼を閉じると、急におなかがすいたかのように、無言でばくばく豆ごはんを食べ始めた。

わたしの目は宙に浮いた。

この逸話をどう考えればいいのか。

たしかに、十円貸してくれと言われて、どうしよっかのうーっていう答えは、どうかと思う。それが、おばあちゃんの口調そのものであるだけに、女子大生だったおばあちゃんがそれをどういうふうに言ったのか、わたしには数ミリのずれもなくわかったのだった。

たかが十円、か、貸してあげればいいではないか、おばあちゃん！　しかし、名前も名乗りあっていない相手に、いきなり十円貸せという志桜里さんもどうなんだろうか。おばあちゃんがびっくりして、どうしよっかのうーっていう気になったのも無理からぬことではなかろうか。とはいうものの、隣に座っている相手なら、貸した十円は翌日には返ってきそうなものだ。当時の十円にどれくらいの価値があるかわからないけれども、いまどきの都バスが二百十円であることを考えれば、百円くらいのものだろうか？　貸してあげてもいいんじゃないか、百円。しかし、まだ相手のことをまったく知らない……。おばあちゃんは東京に出てきたばっかり……。わたしの思考が堂々巡りしている間に、志桜里さんは歌うように、

「どうしよっかのうー。どうしよっかのうー」

と何回もつぶやいた。

「それで、どうしたんですか？　十円は」

「都電の運転手さんに、明日、三十円払いますって言って、なんとかしてもらった」

「で、おばあちゃん、澄江おばあちゃんはどうしたんですか？　次の日も教室で会ったんでしょ？」

「うん。次に教室で会ったときね、澄ちゃんが十円貸してくれた」

「え？」

「机の上に十円をぽちっと置いてね。目を閉じて、『なーん』って言ったの」

なーん。

それを言う、おばあちゃんの顔が目に浮かんだ。なーん。うちのほうの方言で、とてもよく使う。NOに近いけど、気にしないでちょうだいとか、こんなことなんでもないよと

か、そんなすべてがこの一言にこもってる。

「だけど、十円貸してほしかったのは、その前の日のことですよね」

「そうなの！」

志桜里さんは、ものすごくうれしそうに笑いだした。

「澄ちゃん、丸一日、考えてくれたらしいの。わたしに十円貸そうか、貸すまいか。それで、思い切って貸してくれて、『なーん』って言ったの。だからわたし、思わず笑っちゃって。そしたら澄ちゃん、こんなふうに手を振って、『なんなんなーん』って言うの」

そうしてわたしたち、仲良くなったのよ。と、志桜里さんは言った。

それも、仲良くなるきっかけとして、どうなのか。むしろ決裂の原因となってもおかしくはない。

よくわからないけれど、おばあちゃんのズレまくりの「なんなんなーん」が、東京生まれ東京育ちのちゃきちゃきした志桜里さんの胸になんらかの作用を引き起こしたのは、間違いないらしい。血は水よりも濃いというけれど、わたしはやっぱり、自分は志桜里さんよりも澄江おばあちゃんに似ているのだなと、水の濃さをこんなときに確認する。おばあちゃんほどではないにしても、わたしも決断は遅い方だし、なんなんや、なーんはよく使う。しばしばそれはズレて、ひとに笑われている可能性がある。

「澄ちゃんはいつも、とっても深く考えるのよ。いっしょうけんめい、考えるの。そうして出した結論は、だいたい、わたしも納得できるものだったわ。隣に座るって、運命よ。

だいじにしたほうがいいかもよ、よしんばちゃんのこと」

満腹になった志桜里さんは、ほうじ茶をすっと飲んで、ふぅっと息をついた。

よしんばが、いつかわたしのために娘を生んでくれたりすることがあるのだろうか。

あ、いや、違う。わたしが、よしんばのために娘を生む？

なーん。なんなん。ありえん。

そんな特殊な事例が再び起こるわけがないけれども、それ以前に、よしんばとわたしは少しまだ、距離のある関係なのだった。書道の先生だったおじいちゃんとの蜜月ばかりでなく、何にでもしっかりした意見を持っていて、ヴィジョンだとかモチベーションとかがクリアーな彼女の存在は、うらやましくもある。ぼーっとした自分と比べて格段に大人のように思える。

そんなわけで、つい、よしんばの説得に抗《あらが》えず、彼女が出入りしているインターカレッジの文芸サークルに、行ってみる気にもなったのだった。

日文専攻に進む気があるなら、ちょっと刺激になるかもしれないじゃない、とかなんとか言われたもんだから。

よしんばの高校時代の先輩がそこの主力メンバーで、文才のあるよしんばを引っ張ったらしい。だから彼女はその文芸サークルが出している同人誌に、小説だか評論だかを載せてもらうことになっている。わたしはとくに、どちらの才能もないからと及び腰だったのだけれど、なんにも書かない人もいっぱいいるし、他大学の人と知り合いになるだけでも楽しいじゃないのと言われて、べつにやることもないから出かけることにした。

よしんばからは、住所と電話番号をもらった。グーグルマップを頼りに、わたしは坂を下りて江戸川橋の駅に向かい、有楽町線に乗った。場所は飯田橋と市ケ谷の駅の間くらいにあった。グーグルマップは市ケ谷を指定してきたので、市ケ谷で降りたが、ひょっとしたら飯田橋のほうが近かったかもしれない。高台にあり、富士見という名前がついているからには、そこからは富士山が見えたんだろう、たぶん、昔に。

ともあれ、画面上の矢印は、重要なところで意味なく旋回し、指定された時間にその場所に到着することはままならなかった。

というか、わたしはわりあいと方向音痴である。

それで結局、市ケ谷駅までとって返してから、路上の案内地図をにらみ、所番地を確認して再度挑戦して、それでも迷いに迷って、ついに目的のアパートにたどり着いたときには、集合時間を一時間以上過ぎていた。

それでも、ひとが大勢集まる会ならば、一時間やそこらで散会ということもないだろうと思っていたのに、鉄筋コンクリートのそのアパートの二階の部屋を訪ねてみると、そこには誰もいなくて、呼び鈴を押しても誰も出てこないし、ちょっと控えめにドアをノックしてみても反応はなかった。集合時間が午後の四時で、時計はすでに五時を回っていたから、もしかしたら、みんなでどこかへ飲みに行ってしまったのかもしれない。

よしんばの電話番号は知っていたので、電話してみるのがいちばん確実な方法だと思った。それに、来たことは来たんだと伝えておかないと、せっかく誘ってくれたよしんばは、すっぽかしたと思って気を悪くするかもしれない。

それで、電話をかけてみたのだけれども、これがなぜだかつながらない。電波の入らないところにでも行ってしまったんだろうか。

そこに、郷里の友だちからどうでもいいような、でもこういうときには心慰められるメッセージが届いたりしたので、わたしはアパートの入り口にあった植え込みを囲むブロックに腰を下ろして、そのメッセージに返信を打ち始めた。内容は、県内の専門学校に進学した友だちが、同窓生の誰彼をどこで見かけたらどうなってた、みたいなたわいのない話題だった。あの、地味だったマツイがパーマかけて女の子と歩いてんの、とか、そういう感じのやつ。

気づいたら二十分くらいは、そのメッセージにつきあってしまっていたのだけれど、すごいねとか、うそうそとか、スタンプを駆使しながら返信している時間の後半七分くらいは、わたしの注意はもはやその友だちとのチャット方向には向けられていなかった。

というのも、植え込みを囲むブロックの一メートルほど隣に、大学生くらいの背の高い男子が腰かけたからである。

女子大進学者といえども、男子が隣に腰かけたくらいで、うろたえることはない。

しかし、その男子がこう、しゅっとしてて、清潔感があり、几帳面な雰囲気の白いシャツとグレーのズボンみたいなクラシックな格好をしていて、開いた文庫本に目を落としていて、ページをめくったり、さっと前髪を掻き上げたりする指がピアニストみたいに繊細で、まつげがとても長く、少しふっくらした唇がとてもきれいな桜色をしていたりすると、ややうろたえるというか、落ち着かなくなる。

わたしは友だちとチャットしている間、そこを動かなかった。そして、クラシックな雰囲気の青年も、文庫本を読みながらずっとそこにいた。彼はそこに座り込む前に、かんかんと音をさせてアパートの外階段を下りてきたのだったし、その前に通りを渡ってきて、アパートの階段を駆け上がったのだった。

チャットが終わって、スマホをバッグにしまい、もぞもぞと立ち上がる時に隣を見たら、目が合った。

「あのう」

桜色の唇が開いて、言葉を発している。

「ここのアパートって、この住所で間違いないですよね？」

男子は大きく足を開いて体全体をこっち側に向け、文庫本に挟んであった小さな紙を取り出して開いてみせた。そこには、駅から何度も確認した、アパートの住所と部屋番号が書かれていた。

わたしは小さく息をのんだ。

「どうかしましたか？」

「あ、じつはわたしも、今日」

スマホを取り出し、よしんばにもらった住所がわかるように開いてみせると、男子もびっくりして、おっ！　というような音を発した。

「同人誌の会合があるからって、聞いてきたんだけど」

「わたしも同じです。でも、四時スタートって聞いてたのに、一時間くらい遅れてしまったので、もう、終わっちゃったみたいで」

「うん、ぼくもかなり遅刻だから。でもまあ、ぼくだけじゃなくて、よかった」

男子は、M大三年のエイフクです、と名乗った。

「エイフクさん？」

「同じ大学なのかな？」

「わ、わたしは、O大一年の坂中真智です」

なぜ、わ、わたしはと、言い淀んでしまったのかは、いまだに若干不明だけれども、わたしの頭の中には「隣に座るって、運命よ」という、志桜里さんの言葉が旋回していたのだった。

「真智さんは、いつからこのサークルに？」

「今日、初めて来たんです。見学のつもりだったんだけど、早くも失敗してしまって」

「じゃ、ぼくらのサークルにようこそってことになるのかな」

「あ、はい。はじめまして」

「しょうがないなあ、新入生をひとりにするなんて。よろしく。とはいえ、ぼくもここには初めて来た」

　エイフクさんは、立ち上がってお尻のあたりを少しはたき、ついでにポケットに文庫本を突っ込んだ。

「しょうがない、戻るか」

　じゃ、と行きかけてから、エイフクさんは振り返って言った。

「ええと、真智さんは、東京、詳しい？」

　なんなんなんなん。

「あ、ぜんぜん、詳しくないです」

「もしかして、大学入学でこっちに？」

　わたしはコクコクうなずいた。

「ぼくは、これから靖国神社通って九段下に行って、そこから神保町方面に行こうかなと思ってるんだけど」

「あ、わたしも帰る方向は、そっちなので」

　ほんとうは、市ケ谷駅に戻って有楽町線で帰ることしか考えていなかったのだけれども、この「帰る方向は、そっち」というフレーズがとつぜん気持ちよく頭に浮かんできて、自分が少しだけいつもよりも悧巧《りこう》なような気がした。こうして、わたしとエイフクさんは、思いがけず小さな東京散歩をすることになったのだった。よしんばなら「ゆくりなく」と言うところかもしれない。

ただ、不思議なことに、エイフクさんはアパートの敷地内を出ると、確信があるようにどこかへ向かって歩き出し、なんでもないような場所でぴたりと足を止めると、

「ふーん、ここが偕行社かぁ」

とかなんとか、ぶつぶつ独り言を言うのだった。

「カイコウシャ?」

「うん。陸軍の親睦《しんぼく》組織ね。ふうむ、なるほど、獅子《しし》の頭が見える」

獅子の頭?

「え? どこ?」

「そこそこ。ほら、口から噴水が出てる」

「えー、なに、なんの話ですか?」

「見えないならまあ、いいけど」

わたしは頭にクエスチョンマークを浮かべながら、エイフクさんについて行った。

桜のシーズンをとっくに終えて、新緑の季節を迎えていた靖国神社の境内は、それほどの人出ではなかったけれど、それでも土曜日の夕方、それなりに家族連れやカップルが散策していて、春の夕方の東京を楽しむにはいい場所に思えた。

「何を読んでたんですか?」

少し気分がほぐれて、わたしはエイフクさんのお尻のポケットにおさまった文庫本を指さした。

「あ、これ？　うんとね」

引っ張り出し、差し出した本は、横光利一《よこみつりいち》の『機械・春は馬車に乗って』だった。

「先生の本」

「先生？」

うん、と、うなずいてエイフクさんは、

「読む？」

と、とてもナチュラルな調子でたずねた。

「え？　貸してくれるってことですか？」

「ぼくはもう、何回も読んでるから」

借りるということは、返すということだよな、と、わたしはとっさに考えた。

「返してくれなくてもいいよ。何冊か持ってるんだ。別の出版社のだけど」

返さなくてもいいという言葉に、ふくらんでいた風船が急にしぼんでいくような感覚があって、

「返しますよー、もちろん。借りていいなら」

と、おおいそぎで答えて、ひったくるようにして文庫本を受け取ると、エイフクさんはびっくりして、ちょっと笑った。

「ごめん、自分の趣味を押し付けてしまって。文芸サークルに来るような人なら、小説好きなのかなあと思ったものだから」

横光利一を「先生」と呼んで私淑《ししゆく》しているくらいだから、よっぽど好きなんだろう。わたしも小説は好きだけど、そういう古いのだと、川端康成《かわばたやすなり》を読んでみたくらいだ。でも、もしかしたら、こういう出会いが、よしんばの言う、日文専攻に進むためのちょっとした刺激というやつなのかもしれない。

それ以上に、わたしの東京生活にやっと登場した「ちょっとした刺激」ではありそうだったので、わたしは文庫本をていねいにバッグにしまった。女子大に進学する唯一の懸念は出会いのなさなんだから、それがたとえ蜘蛛《くも》の糸のようなものであっても手繰《たぐ》り寄せなければならないだろう、と、わたしもなけなしの文学的比喩を頭に浮かべる、芥川龍之介《あくたがわりゆうのすけ》。

ぶらぶら歩いていると、いつのまにか駿河台下の三省堂あたりまで来てしまった。

東京というのは、案外、歩けてしまう場所らしい。

エイフクさんはちょっと時計を見ると、一本指を坂の上の方に向け、

「大学、寄ってくから、じゃあ」

と言った。じゃあ、とは、ここで別れるという意味か。

「あ、待って」

これ、読んだら返すので連絡先を、と聞こうとすると、エイフクさんは気が変わったのか、

「腹、減った。飯、食っていく。真智さんは?」

と、おなかのあたりを撫《な》でながら訊く。

そういうわけで、わたしたちは、エイフクさんがよく行くという駿河台下のカレー屋さんに入って、向かい合わせに座り、ポークカレーを待つことになった。エイフクさんは疲れたのか、大きなあくびを何度かした。あくびをされるたびに、ちらっと傷つく。

「ごめん。昨日、深酒して友だちの家に泊まったんだよ。それで、中途半端な睡眠時間だったもんだから」

もう一回、あくびをしながら、エイフクさんは言い訳した。

「エイフクさんはどこ出身なんですか？」

ほかに話題もないので、なるべく愛想のいい笑顔を作って訊いてみた。

「あー、ぼく？　出身？　ええと、台湾」

「え？　台湾？」

「そう。台湾」

「え？　台湾？」

「そんな驚く？」

「ていうか、日本語すごくうまいから」

言ってから、わたしは自分の顔がみるみる赤くなってくるのを感じた。

ダメだ、真智。ネイティブ級の日本語を話す外国人に「日本語上手」って言うのは、なんていったか。すごくダメなことなんだよ。本に書いてあったじゃないの。このあいだ見た映画にも、そういうシーンが出てきて、なんだったたっけな。マイクロアグレッション？

「あ、すみません。ごめんなさい。そういう意味じゃないっていうか、うま、うま、うまいとか上からみたいに、あ、なんだろう、あの、わたし、あの、その」

「中学からこっちなんだ。でも東京じゃない。愛知県。名古屋」

エイフクさんはまた大きなあくびを嚙み殺しながらそんなことを言う。

「ああ、そうなんですね。わたしは北陸です。富山県です」

「へーえ、魚のおいしそうな」

「魚、おいしいです！　まちがいないです。スーパーとかでもめっちゃうまいです。東京のスーパーの魚は食べれん」

「そうなん？」

「食べれん、食べれん。別の食べ物かと思いますよ」

わたしが調子に乗るとエイフクさんは笑い出した。

「小学校までは台湾で？」

「うん、台中」

そういえば、と、ふと、わたしは志桜里さんの言っていたことを思い出した。

「そういえば、わたし、いま、小日向ってところに住んでるんですけど、そこには昭和初期に建った、台湾人学生寮があったらしいです」

ん？　と、唸るような音を喉《のど》の奥で出して、エイフクさんはきりっとした太い眉毛の下の大きな目をわたしにむけた。

「清華寮の近くに住んでるの？」

「もう、寮じたいはないんですけど」

「友だちが住んでるかもしれないな」

「いや、寮じたいはもう、ないんですって。あ、じゃなくて、小日向にお友だちが？」

「うん。いそうな気がする。これから行ってみるか」

え？　これから？

わたしは時計を見た。それからエイフクさんを見た。いくら友だちがいるかもしれないからって、昨日も他人の家に泊まったみたいだし、行ってみて、また、いなかったらどうするつもりなんだろう、行き当たりばったりな人だなあと、初めてエイフクさんに対してちょっとネガティブな評価が胸に浮かんだ。

しかし、エイフクさんは猛然と大盛カレーを食べ終えると、

「じゃあ、これからいっしょに、行ってみよう！」

と、スパイスの刺激があくびの元にも作用したのか、眠気が飛んだらしく、ひどく元気になってしまった。

「え？　これから？」

思い切ってせいいっぱいの疑問符つきで口に出してみたが、相手はこちらの懸念に気づく気配もない。

「うん。送りがてら」

本人は、よほど健脚なのか、

「テクシーで」

と、また、いったい、どこから引っ張ってきたのか、古墳から掘り出したみたいなジョーク（タクシーと「てくてく歩く」を掛けているのだという。きっと、よしんばなら知っているに違いない）を口にし、またもや大股でがしがし歩き出したが、わたしはもう歩く気は喪失していた。だいいち、スニーカーではなく、ヒールのあるおしゃれ靴を履いている人間を、やたらと歩かせるのもどうなのか。わりと見た目が好みっぽかったために芽生えた好意は、ここへきて、急速にしぼもうとしていた。

わたしは、おなかがいっぱいになったら、なるべくラクしたいタイプ。家だったら、まずゴロッと横になるタイプ。

これがもっと親しい間柄なら、足が痛いから地下鉄で行こうと言えるのだけれど、その日会ったばかりだったし、エイフクさんは公共交通機関のコの字も頭にないようだったし、わたしはまだいろいろなことに不慣れなわけで、仕方がないから己に鞭《むち》打つようにして歩き出したが、こうなると、駿河台―小日向間は遠いし、坂が多すぎる。

駿河台下から斜めに水道橋を目指すような方向に坂を上ったり下りたりし、東京ドームシティの中を突っ切って、春日通りに出た。日はどんどん暮れていって、そのかわりに、園内の遊具は美しくライトアップされて、とてもきれいではあったけれども、靴擦れが痛くなってきたので、ちっとも楽しめない。

せめてここからでもいいから、地下鉄に乗りましょう、エイフクさん。わたし、座りたい。

という言葉が、遠慮のために、我が口から出てこない。

エイフクさんは、少し足を引きずりはじめたわたしを見て、あれ、痛いのかな、と言って、少し歩幅を修正したが、それでも行軍みたいな徒歩移動をやめようという気はないらしく、無神経にも平気で緑色の都バスを見送った。

わたしはどんどん無口になっていったけれども、エイフクさんは饒舌《じょうぜつ》で、横光先生の話をたくさんした。聞いているとまるで、横光利一が現役の作家で、M大学の文学部で教鞭《きょうべん》を執《と》っているかのような口ぶりだ。ヤマモト先生だとかヨネカワ先生だとか、キシダ先生だとかコバヤシ先生とかについても、非常に熱っぽく語り、これだけの教授陣はそうそういないとM大学を絶賛するので、わたしはやはり自分の大学選び、専攻選びの動機が薄弱に思えて、足も痛いし、みじめな気持ちになってきた。大学に入るまで、どんな先生がいるのかもよくわかっていなかったのだ。

茗荷谷駅に近づいてくると、さすがにわたしのほうが道をよく知っていると思えたのに、なぜだかエイフクさんはひょいと路地を曲がり、わたしの知らない道を行く。

そこにはまた、わたしの知らない坂がある。

そして、坂を降り切って細い道を行こうとすると、そこに赤い幟《のぼり》のようなものがひらひらはためいていて、ぼーっと蠟燭《ろうそく》に照らされた、お稲荷《いなり》さんが浮かび上がった。胸がどきんとした。

　わたしは小さいころから、お稲荷さんがこわい。もしかして、自分の前世は油揚げだったのではないだろうかと思うほど、お稲荷さんが苦手だ。取って食われそうな気がする。あの白かったり、灰色だったりする狐《きつね》が、ぽつん、ぽつんと境内に置かれている姿が、どうしてだか非常に不安をそそる。

　こっちじゃないです、とエイフクさんに声をかけて明るい道に戻り、ようやく自分の知っている坂道に出た。ああ、もう、ここを上り切れば、志桜里さんのいる家にたどり着く。

　そんなことを考えているわたしは、もう、エイフクさんのことはどうでもよくなっていた。とにかく靴擦れが痛いから、早く家に帰りたい。帰って靴を脱ぎたい。それ以外のことが、なんにも考えられない。

　それなのに坂の途中で、エイフクさんは急に立ち止まり、後ろから歩いていたわたしは、その背中に頭をぶつけた。

「わ！」

　と、わたしは言った。もう、すいませんとかいう声も出ない。

「あ、ここだ。ちょっと寄って行こう」

　エイフクさんは、坂道に沿って建てられた、介護施設に入っていく。なにをしているんだか、エイフクさん！

「そこ、介護施設ですよ。なんか用事あるんですか？」

「寮だよ、ここ。うん、ここは門だ」

そう言うと、エイフクさんはどんどん奥へと進んでいく。そういえば昼間も、獅子がいるとか頭があるとか、なんだか言ってたよね。

「エイフクさん、わたし、近くなんで、もう帰ります」

投げつけるみたいにそう言って、わたしは最後の力を振り絞って坂道を上る。早く、脱ぎたい。この靴を脱ぎたい。脱ぎたい。脱ぎたいんだってば！


お風呂のあとに、志桜里さんに靴擦れ専用の絆創膏を出してもらった。今日はえらいめに遭った、なにしろ、靖国神社から駿河台下の三省堂、そこからこの家まで歩きっぱなしで、と愚痴《ぐち》ると、坂好きの志桜里さんはまた、それはどの坂で、そっちはなんていう坂でと、うれしそうに解説を始めた。

わたしがエイフクさんの奇妙な行動のことを話すと、はじめのうちは、

「靴擦れに気づかないのって、男の子っぽい」

と笑っていた志桜里さんは、急に不思議そうな顔をして、

「真智ちゃん、また、幽霊に会っちゃったのかしら」

と言う。

「幽霊？」

「ほら、このあいだ、酔っぱらって、フェノロサの妻の幽霊と会ってたじゃない？」

「えー、あの人、幽霊なんですか？　夢だって、志桜里さん、言ったくせに」

「そうよ。だから、夢だか幽霊だか知らないけど、真智ちゃん、そういうのを見てしまうタイプなんじゃない？　霊感が強いって言うの？」

「なんで霊感？　獅子の頭が見える！　とか変なこと言ってたのはエイフクさんで、わたしじゃないもん」

「いや、その、頭がどうしたこうしたは、わからないけど、横光利一はたしかにM大で教えてたわよ。昭和九年とか、そのくらいの時代」

「はい？」

「あと、誰が教えてるって言ってた？　山本有三《ゆうぞう》とか言ってなかった？」

「ヤマモト先生とか言ってたけど、有三までは言ってませんでしたよ」

「ほかには誰？」

「ヨネカワ先生」

「米川正夫《まさお》。ロシア文学」

「キシダ先生」

「岸田國士《くにお》。劇作家」

「コバヤシ先生」

「小林秀雄《ひでお》。文芸評論家」

「志桜里さん、なにを見てるの？」

「『M大学文学部五十年史』っていう本。言ってなかった？　わたし、定年退職する前は、この大学に勤めてたって」

「えっ？　じゃあ、横光利一と同僚だったんですか？」

「やめて。いつの時代の話よ。わたしは昭和九年なんて生まれてもいないわよ。だけど、この本には、そういう歴史が書いてあるからね」

「じゃあ、あの人、えっ？　いまの時代の人じゃないってこと？」

「知らない。真智ちゃん、また、酔っぱらってたんじゃない？」

「酔ってないですよ！　昼間、がしがし歩いてただけです！」

志桜里さんの言うことを信じたわけではないけれども、お稲荷さんあたりから薄気味悪い感じは漂っていたし、ひゅうっと背中に冷たい風が吹いたような気がした。なんだろう、あの人。どういう人なんだろう。

それに加えて、翌日、語学のクラスで会ったよしんばが、追い打ちをかけるようなことを言い出した。

昨日はごめん、ごめんと、よしんばはこちらの顔を見るなり、言うのである。

「集まるっていっても三人しか来なくて。間が持たなくて、カラオケ行っちゃったんだよね。もう、来ないのかなと思ってさ。そしたら、盛り上がっちゃって、連絡が来てるのに気が付かなくって。ごめん。次は待ち合わせていっしょに行こう」

「こっちも一時間以上遅刻したから、それはいいよ。お互いさまってことで。それより、なんか、変わった人に会ったよ。M大の三年っていう男の人で、エイフクさんて人」

「エイフク……？　なんか聞いたことある」

「ある？」

「ある、ある。エイフクさんでしょ。あ、実在したんだ！」

「どういうこと？」

「すごく変わった人みたい。有名な幽霊会員だよ」

「幽霊⁉」

よしんばが言うには、どうも前からいるにはいるが、ほとんど顔を見た人がいないという人物で、旅行先にふらりとあらわれて一日だけいっしょにいたとか、たしかに飲み会で隣に座ったはずだけれど会計のときにはいなくなってたとか、妙なエピソードばかりがある人なのだという。

ふぅ。

わたしはその文芸サークルのメンバーにはまだ会ったことはなく、唯一出会ったのが、幽霊会員ということになるらしい。たしかになにかしら、幽霊系統の出会いの才能があるのかもしれない。

エイフクさんに二度目に会ったのは、それから一週間か十日くらいした日の午後のことだった。

わたしはその日のスケジュールを終えて、家に帰るために坂を上っていた。

すると、例の介護施設の看板の下にある、レンガに囲まれた植え込みの角に、どこかで見たような人物が座っているのが見えた。三メートルほど手前で立ち止まり、視線を向けると、ボケッと座っていた彼は立ち上がって、右手を中途半端に上げた。

「やぁ、あの」

「あ、幽霊の……」

言いかけると、エイフクさんは困ったような顔をしている。

「あの、あのさあ」

この人が幽霊かどうかはわからないが、ともかく借りた本は返さなければならない。そう思いついて、わたしは走り出した。この日は走れる靴を履いていたからだ。走りながら振り向きざまに、びっくりしているエイフクさんに声をかけた。

「待ってて。すぐ戻るので、そこにいてもらえます？　二、三分だから！」

あっけにとられた表情のエイフクさんは、また、ゆらりと植え込みの角に座った。

わたしは家に戻り、ベッドサイドに置いてあった文庫本を取り上げ、もう一度靴を履いて坂を駆け下りた。幽霊が昼間に出るわけはないと思うが、そうしたはかない存在が、求めに応じて待っていてくれるかどうかはわからない。

息を切らして介護施設の前まで行くと、エイフクさんはさっきと同じ姿勢でそこにいる。

「これ。ありがとうございました」

「あ、ああ。いいのに。もう読んだの？」

「読みました」

「どうだった？」

わたしは両手を膝に置いて、はぁはぁ息を弾《はず》ませながら、おもしろかったですぅ、とだけ吐き出した。

「ほんとに？」

「とくに好きだったのは、タイトルになってる『春は馬車に乗って』っていうやつ。のどかな題からは想像つかない話だけど。ほかのも、みんなおもしろかった。わたし、これ、けっこう好き」

エイフクさんの顔はぱぁっとほころんで、とてもうれしそうになった。

そしてエイフクさんは改めて、自己紹介をしてくれた。

彼の名まえは永福颯太《そうた》。お父さんの仕事の関係で、台湾で生まれ、小学校まで台中で育ったが、日本人だそうだ。え？　日本人なの？

「このあいだは、頭の中がすっかりフエイフクになっていたので、会話がぜんぶ、ちぐはぐになっちゃってて、後から考えて誤解を生んだような気がして、今日は訂正しようと思って、ここで待ってたんだ」

誤解？　訂正？

フエイフク？

「ぼくの苗字は永福だけど、フエイフクとはなんの関係もない。フエイフクは、戦前に日本に留学していた台湾人の小説家で、フは、巫女《みこ》の巫、と書く。エイフクはぼくの苗字と同じ。永福町の永福。彼は西片《にしかた》に下宿して、M大の文学部に通っていた。真智さんと会った日は、たまたま九段上のアパートでサークルの会合があるって聞いて、九段上なら行ってみようかなと思ったんだよね。巫永福の『首と体』っていう短編の舞台だから」

「首と体？」

「千代田区の富士見っていう電停から歩き始めて、東京を漫歩する短編で。その舞台を歩こうと思ってね。真智さんから清華寮の話を聞いて行先を変えちゃったけど。ほんとは日比谷方向に行こうかと思ってた。小説の中では主人公が日比谷に行くから」

幽霊では、ない。

どうやら、幽霊では、ないらしい。

「獅子の頭が見えるとか、けっこう不気味なこと言ってましたよね」

「うん、だから、その短編に書いてあったことを、頭の中で想像して、その想像の目で見ているというかね」

「そんならそうって、最初から言ってくださいよ」

「憑依《ひょうい》型っていうか、入り込んじゃうんだよ、本を読むと。真智さんが走って逃げちゃったから、あ、やっちまったと思って」

幽霊ではなく、変人の幽霊会員というのが、ほんとうのところらしい。

「巫永福の作品、翻訳は出てるんですか？」

「何語から何語への？」

「え？　だから、日本語訳ってことですよ。台湾の作家なんでしょう？」

「そうだけど、彼は日本語で書いてるよ」

「え？　あ。昔の人だから？」

「植民地の時代の人だから」

「そうか。そうですよね。ここに住んでた留学生たちも」

「一九一〇年前後生まれの彼らは、同化教育のもと、小学校から日本語を勉強させられた世代になる。時代状況の中で、どうしても二つの文化を持つことになったんだよね。人によっては、二つだけではなかったかも。単に、言語という意味でも。台湾はもともと、多民族社会だから」

うち、母親が台湾人なんだよね、と、エイフクさんは続けた。

「お母さんが？　あ、じゃあ、お父さんは台湾でお母さんと知り合ったんですね」

「そう。だから、ぼく自身ミックスで、ミックスカルチャーには関心がある」

それからエイフクさんは、巫永福が当時M大で横光利一やほかの著名作家の講義を受けていたことや、西片の下宿で台湾文学の雑誌『フォルモサ』を創刊したこと、自分はたしかにM大の学生だけれど、じつは学部は法学部であること、でも、いまは文学のほうが好きになってしまったから、文学部に転部するか、大学院に行こうかと考えていること、などを話してくれた。

「『首と体』っていうのは、獅子の首に羊の体がついているとか、その逆とか、そんなことを考えてる男の話でね」

「それで獅子の頭がどうとかって言ってたんですね？」

「語り手はスフィンクスを思い浮かべたりもするんだけど、これはやっぱり、キマイラを連想するほうがふつうじゃない？」

「キマイラ？」

「獅子の頭に山羊の体、それに蛇の尻尾」

「あ、キメラ？」

「そう。キメラ。異質なものの合成を意味するもの」

憑依型のエイフクさんは、また、なにかにとり憑《つ》かれたみたいに話し出した。その台湾人作家の話から始まって、アニメの『おおかみこどもの雨と雪』の話に移ったりした。介護施設の前には、ラベンダーが植えられて、いい香りを放っていた。わたしはせり出したラベンダーをよけるようにちょっと間を空けて、エイフクさんの隣に腰かけた。『おおかみこどもの雨と雪』は、わたしも好きな映画だった。話はまた、貸してもらった文庫本に戻ったり、台湾人留学生の話に飛んだりした。

春の風は心地よくて、わたしたちはそうやって、ずいぶん長いこと話し込んだ。

月下氷人

江戸川乱歩「D坂の殺人事件」の真相に触れています。小説を未読の方はご注意下さい。

　エイフクさんと友だちになったことで、よしんばはわたしを「ちゃっかり娘」とか「発展家」とか言って、からかう。

　さすがはよしんば。どっちも、ほとんど聞かない言葉だ。

　でも、まだほんとにただの友だちであって、わたしたち二人の間には、なんの発展もないのだということを、めんどくさいので、よしんばには話していない。

　エイフクさんのアパートは西片にあるから、わたしはしばしば、そちら方面に出かけていく。そのときは、大学から春日通りを後楽園方面に行って、桜並木のある播磨坂を下り、千川《せんかわ》通りから白山通りへ抜けて、西片の丁字路から胸突《むなつき》坂を上がる、というのが定番コースになった。

　いちいち、坂の名前を覚えたのは、志桜里さんがうるさく解説するせいだ。たしかに、東京の街には坂がたくさんある。志桜里さんだけじゃなくて、エイフクさんの頭の中にも文学地図みたいなものが埋め込まれているせいで、東京じゅうのすべての坂に、少なくとも一編くらいはその坂を舞台にした小説があるんじゃないかと、わたしも思い始めた。

エイフクさんのアパートは西片といっても、だいぶ東大に近いほうにあるせいで、そこからまたちょっと行くと団子坂があり、わたしたちはその坂の途中にあるコーヒーのお店が気に入っている。

いま、さりげなく「わたしたち」と一人称複数形を使ってしまって、ちょっと照れているこんにちのわたしである。

貧乏学生なので、コンビニなどにくらべると、そこのコーヒーは安くない買い物なのだが、どんなに高くとも、たかがしれている一杯のコーヒー。しかも、都心の気取った店にくらべれば、ずずんと安い、ワンコインでお釣りがくるありがたさ。買いに行くと、なんとなく気分が上がるし、それを飲んでいるだけで都会的でおしゃれな雰囲気を味わえるのだから、悪くない贅沢ではないかと思っている。

毎回、カフェラテかカプチーノを注文することにしている。そこのラテアートがとってもかわいいからだ。カフェラテを頼むと、ハートとか、葉っぱみたいなのが出てきて、カプチーノのときは、お願いするとうさぎちゃんをアートしてくれる。カフェラテより、カプチーノのほうが、泡がしっかりめなので細かいところを描きやすいんだそうだ。もちろん淹れたてのエスプレッソもすごくおいしいけど、わたしは苦いのがダメなので、ミルクが入っているほうが好み。舌も目も楽しませてくれるカフェラテかカプチーノを頼むのが正解だと信じている。しかしエイフクさんときたらかたくなに「冷しコーヒー」しか頼まないので、最初のうちはとても恥ずかしい思いをした。よしんばといい、エイフクさんといい、なぜ、わたしの東京の友だちはどこか古めかしいのだろうか。

とうぜん、店のメニューにそんなものはない。いっしょに店に行って、「冷しコーヒー」を注文して、「なんですか?」と聞き返されたことが二度あったので、このような事態を避けるために、それ以来、わたしがオーダーすることにしている。頼むものは決まっているんだから。アメリカーノの、アイスだ。

エイフクさんがどうしてアイスコーヒーをかたくなに「冷しコーヒー」呼ばわりしているかといえば、そのコーヒーのお店が団子坂にあるからなのである。彼の頭の中で、団子坂といえば「D坂」であり、「D坂」である以上、そこにあるコーヒーのお店はなにがなんでも「白梅軒」で、となれば「冷しコーヒー」を注文しなくちゃいけないのだ。

「D坂の殺人事件」を書く前、まだ推理小説作家になっていないころ、江戸川乱歩《えどがわらんぽ》は団子坂に住んでいた。小説中、殺人の舞台となる古本屋は、乱歩と弟二人でやっていた古書店「三人書房」がモデルというのは、乱歩好きならたいがい知っている話らしい。エイフクさんは例のごとく、

「ここが、三人書房か!」

と、どなたかのおうちの前に仁王立ちして妄想していた。だから、いまどきのカフェも、

なんだか。

明智小五郎《あけちこごろう》が「冷しコーヒー」を飲む「白梅軒」に見えているに違いない。どういう性質

勧められて読んでみたその推理短編は、どっちかというと語り手の「私」の推理、「明智小五郎が犯人」のほうがしっくりくる気がして、そう言ったら、エイフクさんに鼻で笑われたので、ちょっとモヤモヤした。

「格子から棒縞の着物が見えるトリックは、かなり不自然だけどね」

と、エイフクさんは言う。

「そう？　そこはわりと、気に入ったんだけどな。エイフクさんは、サディストの男とマゾヒストの女が都合よくおんなじ長屋に住んでるっていうのは、不自然ではないと？」

「そのあたりは、小説的虚構ということになるんじゃないの？　設定は、小説的虚構でかまわないけれど、謎解きは納得できるものじゃないと」

「だって、小説的虚構を背景にした謎解きなんだから、やっぱり無理やりな感じしない？」

「まあね。推理小説は、種明かしされると、なんとなく騙されたみたいな気がするもんだよね。でも、明智小五郎には動機がないわけでしょ」

「わかんないじゃない。そこに小説的虚構を作ればいいんじゃないの？　小学校に上がる前から彼女が好きで、古本屋で再会して以来、ストーカーをしてたとかさ」

「だけど、それじゃ、われらが名探偵・明智小五郎は、初出でいきなり痴情がらみの殺人犯になってしまうよね」

「まあ、そうですけど」

ふわっとしたスティームドミルクが唇の上にとどまる感触を楽しみながら、わたしは舌をぺろりと出してそれをぬぐう。

どうでもいいことをおしゃべりしながら、おいしいカプチーノを飲む幸福よ。

「それより、ぼくが気になるのは、一軒置いて隣の菓子屋の主人だよ」

アイスコーヒーをストローで吸い上げながら、エイフクさんが言う。

「え？　菓子屋の主人、真犯人説？」

「いや、そういうわけじゃない」

「そんな人、出てきてた？」

「あんなに印象的な出方をしてるのに、おぼえてないの？　屋根の上の物干で、尺八を吹いている人物だよ」

「ああ、そうね。思い出した。古本屋の二階からは誰も出入りしていないことを証言する人でしょ。その人がどうかしたの？」

「尺八をね、ずーっと吹いているんだよね」

そこが意味深なんだという顔をして、エイフクさんがふぅ、と息をつく。

「あ、そうだったよね。お菓子屋さん、趣味が尺八なんだよね」

「すごい趣味だよね」

「でも、大正時代には、いまよりはよくある趣味だったんじゃない？」

「そうかもしれない。だけど、ぼくが言いたいのは、どんだけ尺八が好きなんだっていうことなんだよ」

「あ、そう？」

「だって、『日暮れ時分からつい今しがたまで』ずーっと尺八吹いてるんだよ！」

「今しがたとは？」

「事件が起こったのが夜の八時前後でしょう。明智小五郎が白梅軒にあらわれたのは八時半。死体を発見するのはその後。それから警察が来て、死体を確認して、死後一時間以上は経っていないと言う。取り調べじたいは深夜まで続くから、『今しがた』がどの時点か不明だけど、仮にもっとも早くて九時としよう。日暮れ時分て何時ごろだと思う？」

「夏の話だよね？」

「九月初旬の東京の日の入りは、だいたい六時だ。調べたんだ」

　エイフクさんは得意げに鼻を膨らませた。

「じゃ、お菓子屋さんは、六時から九時まで？」

「そうなんだよ！　三時間、尺八を吹きっぱなしだ」

「それは、すごい趣味だね」

「でしょう？　これ、おかしくない？」

「非常に、練習熱心なのでは？」

「本業、菓子屋だよ。プロのミュージシャンてわけでもなく。一日、三時間の練習は、熱心すぎないかな」

「うーん、でも、まあ、好きならね」

「毎日、吹いてんのかな？」

「さ、さあ」

そんなことを、わたしに聞かれたって、わかるはずはない。

「毎日吹いてるなら、そう書いてあってもおかしくない。彼は毎日、習慣的に、三時間尺八を物干で吹くが、その日、誰の出入りも見なかったと」

「そう、かも」

「でも、そうは書いてない。この日、物干に上って、尺八を吹いたとだけ書いてあるんだ。だいいち、このお菓子屋さん、いつ、飯を食ったのかな？」

「めし？」

「だって、夕方六時から夜の九時って、晩飯の時間じゃない？」

「そういや、そうだね」

「飯も食わないんだよ。そして三時間、尺八を吹いてんだよ。この人、独り身なのかな？妻は？　子どもは？　どうすんだよ、飯は！」

「妙なところにひっかかるよね、エイフクさんてば。もしかして、五時ごろに食べたかも。だけど、ま、彼は、なんというか、脇役で、二階から出入りする人はいなかったと証言するために出て来る人で」

わたしがそう言い淀むと、エイフクさんはひとさし指をゆらゆらさせながら、

「そんな人、おかしいだろう！　つまり、二階から出入りする人はいなかったと証言するためにだけ、彼は三時間、尺八を吹き続けるわけだ。たいへんな努力だよ。まるで、見張りでもしてるみたいだと思わない？　それこそ、不自然だよ」

と、怪訝《けげん》そうに眉をひそめる。

そう言われると、たしかに不自然な気もしてきた。

「じゃあ、エイフクさんは、お菓子屋さんが見張りをしてたっていうの？」

「考えられる菓子屋の役割は三つ。一、見張り。二、二階から出入りする人はいなかったと警察に証言する。三、なんらかの形で犯人に合図を送る」

「え？　なんの合図？　合図？」

「そう。だって、尺八だよ。楽器だよ。たとえばだけど、吹いている間はそのあたりは無人だが、吹くのをやめたら誰かが来た合図とか。あるいは、吹く曲によって、犯人にメッセージを送るとかさ。なんでもできるでしょう、示し合わせておけば」

「え？　じゃ、エイフクさん、菓子屋の主人、共犯説？」

「そう！」

エイフクさんは、満足げにアイスコーヒーをすすり上げた。

それからエイフクさんは、とうとうと明智小五郎ばりの推理を開陳し始めたのだった。

登場人物を整理しよう。

殺されるのは古本屋の女房。古本屋の女房と蕎麦屋の女房は、体中に生傷があることを、近所の女湯で複数に目撃されていると、白梅軒のウエートレスが聞きこんでいる。

九月初旬のある晩、日暮れから九時まで菓子屋の主人が物干で尺八を吹いていた。

古本屋の女房は八時ごろに殺される。

エイフクさんの推理によれば、菓子屋の主人は蕎麦屋の女房に惚れている。蕎麦屋の主人が古本屋の女房と不倫をはじめて、そのせいで蕎麦屋の女房が苦しんでいるので、菓子屋の主人は同情していた。

蕎麦屋の女房は、夫のサディスティックな趣味に応じて、ぶったり噛んだりされるのすら耐えるほど夫を愛していたのに、古本屋の女房が真正のマゾと知れると、蕎麦屋は自分の妻よりマゾヒストの古本屋の妻とのプレイが楽しいからと、心変わりしたのであった。

女湯で、自分の夫が古本屋の妻に与えた生傷を見るにつけ、嫉妬を募らせた蕎麦屋の女房は、古本屋の妻殺害を決意する。しかし、誰にも、とくに自分の夫である蕎麦屋に知られるわけにはいかない。

そこで蕎麦屋の女房は、自分に気のある菓子屋の主人に話を持ち掛けた。

密室殺人を成功させるため、自分は古本屋がいなくなる夜を狙って殺しに行く。一階で働いている蕎麦屋に気づかれると困るから、腹が痛いと言って二階で寝ていることにして、二階の窓から、隣の足袋屋の二階、さらに隣の古本屋の二階と、欄干伝いに現場に行き、同じ経路で帰宅するつもりだ。だから、足袋屋のおかみさんの様子を見張って、一階にいるか、二階にいるか、尺八で知らせてほしい。「さくらさくら」なら一階、「荒城の月」なら二階である。日暮れ時からスタンバイしたその日、おかみさんはかなり長いこと二階にいたので、蕎麦屋の女房はなかなか実行できなかったが、ついに「さくらさくら」が流れ、二階伝いの現場入りが達成された。

「それ、無理。二時間も『荒城の月』だけって、無理」

わたしは抗議した。

「いや、これは、たとえであって、とにかくなんらかの合図を送っていたと解釈してほしい」

と、エイフクさん。

「だけど、なんでお菓子屋の主人は、蕎麦屋の妻が古本屋の妻殺害を終えた後も、しつこく尺八を吹いているの？　もう用は済んだのに」

「直後にやめると、犯行との関係を疑われるかもと思ったからじゃないかな？」

「疑うかなあ」

「彼自身のアリバイにもなるわけでしょう、ずーっと物干で尺八吹いてた、その調べが長屋中に聞こえてたってことが」

「わかった。じゃ、殺人犯はお蕎麦屋さんの妻なのね。だけど、一つ、疑問がある。首絞めて殺してるんだよ。ものすごい力で。女性ひとりでは難しいんじゃない？」

「そこは、単独犯じゃないからね」

「え？　菓子屋の主人が手を貸したの？」

「あわてない。菓子屋はずっと尺八吹いている」

「じゃ、誰が？」

「古本屋の女房だよ。彼女は真正マゾだから、蕎麦屋の女房に首を絞められて興奮してきて、もっと、もっとと、蕎麦屋の女房の手の上から、自分でも力を込めて絞め始めた」

「え？　自分で？」

「そう。だから、これは、半分、自殺」

「えー？　そうなの？」

「ほかに考えられないね」

「じゃあ、じゃあね、じゃあねええ」

わたしは眉間にしわを寄せて反論を試みた。

「じゃあ、蕎麦屋の自白はどうなるの？　最後に自白するんだよね、蕎麦屋の主人。自分がやりましたって」

「夫を愛するがゆえの妻の犯行と知って、罪をかぶったんだよ。元はといえば、彼の性癖が呼び寄せた悲劇だから」

ほ、ほう。

わたしは、すっかりアートの消えたカプチーノをずずっとすすった。

江戸川乱歩に興味を惹かれたのは、その件があったからだが、それから数日もしないうちに、わたしはこの、日本の推理小説の父と、またまた妙な形で出くわすことになった。

その日は大学の帰りに足を伸ばして、播磨坂の下のパン屋さんに行き、おいしいクロワッサンとパン・オ・ショコラを買った。そしてまた坂を上って帰路についたのだが、それこそ日も暮れようという時間に、ちょうど庚申坂にさしかかった。

庚申坂というのは、桜並木の播磨坂を上がり切るとぶつかる大きな春日通りを越えて、そのまま少し行くと出現する階段で、ここを下りきってから、丸ノ内線の高架をくぐり、切支丹坂を上ると志桜里さんの家がある。

夕暮れ時の庚申坂は、美しい。

お日様が沈んで、西の空が夕焼けを映している日は、特別だ。下りの段々の奥にぽっかりと口を開けているトンネル、その上を走る線路、そのまた上に重なる電車のケーブルが空に黒い筋を何本も引いて、夕日を背にしたお屋敷町が、金色を含んだ薄紫に染まっていく。

そこからの風景がとても好きで、何度も写真に撮ってみたけど、やっぱり自分の目で見た景色にはかなわない気がする。

しかし、どうしたことだろう。いつもは車が入ってこない、階段の脇の路地に、胴体の長い車が二台停まっていて、いろいろな機械が路上に置かれ、数人の人がたむろしている。

そして、わたしがいつものように、その階段に差し掛かろうとすると、腰に黒いバッグをくっつけた男の人が、通せんぼするように立ちはだかった。

「すみません。いま、撮影中なので、ちょっとだけ待っていただけませんか」

と、男の人は言った。

「撮影？」

「はい。映画の撮影で、ほんとはこちらが中断して、通っていただかなきゃいけないんですけど、夕焼けのシーンなので、どうしてもいま」

映画の撮影？

そんなものを見るのは初めてのことだ。背伸びをし、首を斜めに伸ばして階段の下を見ると、着物姿の男性が二人立っていた。

「じゃ、キューを出したら、話をしながらゆっくり真ん中まで上ってきてください」

そう言っているのは、わりと小柄で回りのスタッフに埋もれるようにして階段の上に立っている中年の男性で、彼の横には撮影用のカメラが据えられていた。

坂の下の着物姿の男性二人が、顔を上げた。

「あ！」

うっかり、わたしは声を出した。

腰に黒いバッグをくっつけた男の人が、申し訳なさそうに、

「すいません、すぐ終わりますんで」

と言って、口の上にひとさし指を立ててみせる。

みませんという言葉を、わたしは呑み込みながら、階段を上ってくる男性二人を凝視《ぎょうし》した。

一人は知らない俳優さんだったけれど、背の高いほうの俳優に見覚えがあったのだ。近づいてくるのを見て、ヒアアンドナウというバンドのリードボーカル・久利《くり》タケヒロだと気づいた。

わたしはあんまり芸能界にも音楽業界にも詳しくないけれども、高校時代の仲良しのともちんはヒアアンドナウが大好きで、金沢でライブをやったときに誘われてくっついて行ったことがあった。わりと人気のあるインディーズバンドで、ともちんはあと二年もすれば大ブレイクすると言ってたけど、なにより、わたしでも知っているシンガーが、金髪を黒く染めて和服を着て階段を上ってくることに興奮した。

信じられない、信じられない、こんなこと、ともちんが知ったら気絶する。

でも、撮影情報はどこにも漏れていなかったのか、近所の人すら集まってはいなかった。だいいち、映画の撮影といえばもっとずっと大掛かりなもののような気がしていたけど、そこにあった機材はさほど大きくはなく、カメラもごく小さめのものだった。よくはわからないけれど、きっと低予算なのに違いない。

いずれにしても、今日のわたしは超がつくほどラッキーだ！　と思った。

スタートの声がかかると、二人は階段を上りながら会話を始めた。

そして、中ほどでカットの声がかかると立ち止まり、また監督の説明を受けた。次は立ち止まった位置で二人の絡みが続くらしかった。黒いバッグの男性は、すまなそうに顔の前で手の平を垂直にしたけれど、わたしは謝ってもらう必要なんかぜんぜん感じていなかった。むしろ、撮影が長く続いてくれてもいいと思ったくらいだ。

カットの声がかかった。

「ギリギリだったね」

と、監督さんらしき人が言った。

きっと、夕焼けのシーンのことを言っていたのだと思う。

夕闇は少しずつ濃くなってきて、ちょうど二人の会話シーンを撮っていたとき、幸せで泣きたくなるみたいな光が街を包んでいた。

「ありがとうございました」

と、腰バッグの男の人が言った。

「なんていう映画なんですか？」

わたしは思い切って尋ねてみた。男の人がちょっと笑顔になった。

「まだ、公開は先なんですけど、『ヴォガンヴォグ〜新青年たち』っていうタイトルなんです」

「ボガ？」

「ヴォガンヴォグ。雑誌の『ヴォーグ』、ありますよね。ヴォーグアンドヴォーグが、つまったみたいな音です。制作発表の動画とかもあるんで、ネットで検索してみてください」

「公開されたら、ぜったい見に行きます」

「よろしくお願いします！」

腰バッグの男の人はぴょこんと頭を下げて、階段の下のほうにいる人たちに向かって、

「通行の方、通りまーす」

と、大きな声を出した。階段下のざわざわした人たちが退いてくれたので、わたしも小さくお辞儀をして歩き始めた。階段を下りきったところにあるトンネルの脇には、まだ久利タケヒロがいた。近づいて、サインしてくださいと言ったらしてくれるだろうかと考えたけど、実行する勇気はないから、足はむしろどんどん切支丹坂を上って、映画ロケの人々からは逃げるみたいに遠ざかり、あっというまに家についた。


志桜里さんはその夜、女友だちと食事に出ていた。

戻ってきたのは十一時過ぎで、ほろ酔い加減の志桜里さんは、なにか甘いものが食べたいなと言い出し、わたしは買っておいたパン・オ・ショコラをおすそ分けすることにした。志桜里さんは大喜びで紅茶を淹れ始めた。

わたしは夕方に見た映画撮影のことを話した。興奮していたので、早く誰かに話したかったのだけれど、エイフクさんはバイト中で電話を取ってくれないし、志桜里さんはちょうどいいところに帰宅したのだった。

「映画？」

「そう。久利タケヒロっていう、けっこう人気のあるバンドのリードボーカルの人が出てるんですよ。もう一人は、ネット情報では椚田健太《くぬぎだけんた》っていう人みたい。監督は、知らない人だった。音楽も久利タケヒロがやるみたい」

「なんていう映画なの？」

「『ヴォガンヴォグ～新青年たち』っていうの。ネットに制作発表記者会見の動画がアップされてるんですよ。なんかね、横溝正史《よこみぞせいし》と江戸川乱歩の若い時の話なんだって。このあいだ、エイフクさんといっしょに団子坂にあるカフェに入って、乱歩の短編の話をしてたとこだったから、なんか偶然にびっくりしちゃった」

「偶然なのかなあ」

志桜里さんはおもしろそうな顔をして、そう口をはさんだ。でも、わたしは話したいことがいっぱいあったので、彼女の疑問には注意を払わなかった。

「それに、久利タケヒロが着てたのが、ほんとにボーダーの浴衣だったんですよ！」

「ボーダーの、浴衣？」

「こう、なんていうの？　縦縞の。黒と白の。ちょっと外国の囚人服みたいな。あ、あれは横縞か。縦のボーダーなんですよね」

「ああ、棒縞のこと？」

「そうそうそう、棒縞、棒縞。『D坂の殺人事件』で、明智小五郎が着てるやつ。だからもう、明智小五郎発見！　て気持ちでしたよ。映画の撮影見るなんて生まれて初めてだし。やっぱり東京はすごいな。素のタレントに会えるっていうのはほんとだな」

「素じゃないでしょ、仕事中なんだから。映画のロケなら富山でもあるでしょう」

「でも、生で見ちゃったんですよ。なんで、うちと目と鼻の先の、あんなところでロケしてたんだろ。めちゃくちゃラッキーですよ！」

「あそこ、わりあい、よく、ドラマの撮影とかするよ」

ことともなげに志桜里さんが言う。

「すごくないですか！　じゃ、また見られるかもしれないってこと？」

「それに、ここは、真智ちゃん、小日向ですよ」

気持ちよく酔っているせいもあって、志桜里さんは上機嫌だ。ついと立ち上がって、大好きな本棚の「小日向」コーナーに行くと、なにやら一冊の本を持って、リビングのローテーブルまで戻ってきて胡坐《あぐら》をかく。

「小日向」というのは志桜里さんの家のある、このあたりの地名で、ここらへんが舞台になっている小説とかエッセイなどを集めて、志桜里さんは本棚の一角に特別なコーナーを作っているのだ。

持ってきたのは『横溝正史自伝的随筆集』という、とても地味な感じの本だった。例のごとく容赦なくページの角を折って。

「住んでいたのよ、横溝正史」

「横溝正史って、『八つ墓村』とか『犬神家の一族』の、横溝正史？」

「ほかに誰がいる？」

開けてくれたページには、「小石川小日向台町」「小日向台町」という地名が何箇所にもあって、志桜里さんはわざわざマーカーで線まで引っ張っているのだった。

「横溝正史が小日向に住んでたの？」

志桜里さんはまんぞくげに深くうなずいた。

「ほらね、ここ。『私が神戸へかえっているあいだに、雨村《うそん》がわれわれの世帯をもつべき家を物色しておいてくれた』『その家というのが当時雨村の住んでいた、小石川小日向台町のすぐ近くで』」

「雨村って誰？」

「雑誌『新青年』の初代編集長で、横溝正史を二代目編集長に抜擢《ばってき》する人物。神戸の薬屋だった横溝正史を『トモカクスグコイ』っていう乱暴な電報で東京に呼びよせちゃった張本人は江戸川乱歩で、推理小説マニアの横溝正史は薬屋をやめて『新青年』の編集者になるわけ。ここ、小日向に世帯を持ってね。それで、江戸川乱歩に『パノラマ島奇談』とか『陰獣』とか、傑作をいくつも書かせるわけよ」

「そうなの？」

「映画は、そういう話になるんじゃないの？　しかもねえ、ここ小日向には、雑誌『新青年』関係者が何人も住んでたらしい。だから、きっと、このあたりは昭和のはじめくらい、トキワ荘みたいだったんじゃないの？」

「トキワ荘？」

「手塚治虫と石ノ森章太郎と藤子不二雄と赤塚不二夫と、あと誰が住んでたんだっけ。日本の漫画の黎明《れいめい》期を作った梁山泊みたいなとこよ」

「りょうざんぱく？」

「ともかく、小日向は『新青年』グループの拠点だったわけ」

「あ、そうだ。映画のサブタイトルは『新青年たち』っていうんですよ。『新青年』ていうのは、二人が寄稿してた雑誌の名前で、推理小説の傑作をたくさん生んだだけじゃなくて、当時の若者たちにとっては、ファッション誌とか、トレンド情報誌みたいな存在でもあったって、そういえば書いてあった」

　ほらみろ、という顔を、志桜里さんはする。

「どんなシーン、撮ってたの？」

「そこの、庚申坂の階段のとこで、二人が会話してるシーン。久利タケヒロは、仏頂面してて、もう一人が、関西弁でなんか言ってた」

「関西弁が横溝正史ね。だとすると、きっとこう言ってたんだと思う」

すっかり得意になった志桜里さんが、へたくそな関西弁でセリフまで再現して、その夜はたいへんだった。

　志桜里さんによれば、二人の会話はこのようなものであるはずだそうだ。

――乱歩さん、うちに書いてくれはったら、原稿料は倍出しまっせ！

――君、それ、ほんと？

――ほんまだすとも。

――ほんとに倍？

――なんでわてが嘘言わなあきまへんの。

――じゃあ、『改造』に載せようと思って書いてるの、『新青年』に回そうかな。

――そら、まあ、うちに載せてくれはったら、ほんま、ありがたいですわ。

――その場合、原稿料は。

――そやさかい、倍ですがな。

そんなに江戸川乱歩が原稿料に執着したのかどうかは不明だが、志桜里さんは、

「横溝正史がそう書いている」

と言い張る。

わたしは夕暮れの美しい庚申坂で、美男二人が会話していた内容は、「もうかりまっせ」的なものではなくて、なにかかっこいい謎解きとかなんかではないかと思う。江戸川乱歩と横溝正史を「美男二人」にするのが映画ってものなんだから、会話だってもっと素敵なものになるべきであろう。

ともあれ、日本の推理小説にとって、わたしの住んでいるこの坂の多い街が、ゆりかごのような場所だったことを知ったのはうれしかった。

そして、あの撮影隊がまた近くに来ないかなあという願望でもって、遠回りして庚申坂経由で大学に行ったりしてみたけれど、二度と彼らには出くわさなかった。でも、いつか映画館の大画面であのシーンを見ることができるのかなと思うと、ものすごく楽しみで仕方がない。

それにつけても、頭の中で久利タケヒロと椚田健太が、

「原稿料は」

「倍ですがな」

の会話をしてしまうのは、かえすがえすも残念である。

しばらくして、映画熱もそろそろ冷めたかというころに、わたしは一通の不思議な手紙をもらった。

差出人はエイフクさんで、毎日チャットしているのにわざわざ手紙というのが奇妙ではあったけれども、それ以上に変だったのはその内容だった。

「杉の花粉が気になる季節
化学物質過敏症でもある
二×つのアレルギーで薬
切れがもどかしすぎて隔
靴搔痒の感をまぬがれぬ
也△誰か助けてくれよと
祈×るようにやり過ごし
汗を拭きながら耐えるが
秋になれば治るだろうね　」

エイフク、と最後に署名がしてあった。

それだけでは間が抜けているとでも思ったのか、幼稚園児がよくやるみたいな手形のスタンプが押してあった。インクや絵具を手につけて、ぱん、と紙に押し当てる、そう、相撲取りの色紙みたいなものといったほうがわかりやすいだろうか。お相撲さんの場合、だいたい朱色の手形に墨で書いたサインが添えてあるけれど、エイフクさんのものは黒い墨汁を手につけて押した手形だった。

どうしたものか。エイフクさん。

たしかにスギ花粉には弱いらしく、鼻をぐずぐずいわせていることも多いけれど、それをこんなふうに訴えてこられても、わたしになにができるというのか。わたしの祖父は病院の院長だったけれども産婦人科だし、わたし自身は医大にも行かなかった完全なる文系女子だし、つらさをどうしてあげることもできない。

自分でも書いているように、季節が変わればおさまるのなら、とにかく薬を切らさないようにして乗り切るしかないだろうし、手紙の内容もそれだけのことだ。いったい、なんだって、こんなものをわたしに送ってこなければならないのだろうか。

あまりのわけのわからなさに、わたしは本能的にこの手紙の話題を避けてしまった。エイフクさんから電話やショートメールが来ても、この奇妙な手紙には触れないことにしたのだ。いちおう、いろいろあるだろうけどがんばって、とかいった、当たり障りのないことは言ったけれど、どう対処していいかわからなかったので、放置しておくしかなかったわけだ。

次に団子坂のカフェで会ったとき、エイフクさんはしびれを切らしたらしく、切羽詰まったみたいな怖い顔で問い詰め始めた。

「ぼくの手紙、届いてる？」

「あ、あれ？　はい、届きましたよ」

「それで、きみはあれを、読んだ？」

「もちろん」

あ、そうなんだ、と言って、エイフクさんはちょっとうろたえるような表情を見せた。

「読んだということは、読み解いたということ？」

伏し目がちに、そう続ける。

「読み解くって、なにを？　なんか、言外の意味でもあるってこと？」

「言外の意味はないと思っているの？」

それまでどこかもじもじしていたエイフクさんは、驚いて両目を見開き、わたしの顔を食い入るように見つめた。

「え？　あるの？」

こんどはわたしが驚く番だった。

てっきり、エイフクさんが、スギ花粉による不調を愚痴っているだけだと思い込んでいたのに、なにか別の目的があるとは！

「まじかよ。あんなにベタなヒントつけてんのに、なんにも気づいてないの？」

エイフクさんは本気でがっかりしたらしく、「冷しコーヒー」のストローを嚙みしめて顔を背け、渋面《じゅうめん》を作った。

「ヒント？」

「やだなー。自分でヒントの答えだすの、ほんとにやだよ」

「なに？　ごめん、気づいてなかった」

「なんで、気づかないの。花粉がどうとか、そんなことを知らせてどうすんだよ」

怒ったついでに、アチュッと、エイフクさんはくしゃみをした。

わたしはちょっと欧米人みたいに肩をそびやかして両手を天に向け、その場を取り繕う手段に出たが、エイフクさんはすっかり機嫌をそこねていた。

「もう、しょうがないじゃない、こうなったら。自分で種明かししなよ」

カフェラテのミルクを舐めながらそう言うと、エイフクさんはしばらく拗《す》ねていたが、ようやく仕方なさそうに白状した。

「黒い手のスタンプ、押したでしょう」

「うん。ありました」

「黒手組だよ」

「黒手？」

ハッとわたしは気づいた。

それはまた、ほんとにベタなヒントだよ。

「『黒手組』って、江戸川乱歩の短編？」

「そうだよ！　めちゃくちゃわかりやすいヒント出しといたのに」

「いや、だけど、いきなりそんな、クイズみたいな手紙が来るって思ってないから。それならそうと、出す前に言ってよ！」

「そんなのおかしいだろう。暗号の手紙出す前に、暗号の手紙出しますよって言うの？それじゃ暗号にならないでしょう」

「暗号なの？」

「そうだよ！」

エイフクさんはふくれっ面でコーヒーをすすった。

「じゃ、暗号を解くのね」

「いいよ。解かなくても」

拗ねている。エイフクさんは、拗ねている。

「いやいや、解くよ。解く」

「べつにそんなにたいしたもんじゃないから。暗号っていっても、小説の中の方法を真似してみただけだし。ぼくのオリジナルってわけでもないし」

「まあまあ。機嫌直して。解くから」

「あーあ、そう何度も言われると、ほんとにくだらないことをしたって気がしてくる。書かなきゃよかった」

帰ります、と言って、エイフクさんは団子坂をのしのし下りて行ってしまった。

暗号手紙を解かなかったくらいで、そんなに怒らなくてもいいじゃないかと、わたしは思ったけれども、とにかく家に帰ってすぐに、解読に取り掛かった。

知っている人は知っていると思うけれども、「黒手組」という短編小説に出て来る暗号文は、解くのに何段階かプロセスがあるのだ。

まずは、手紙の一番上の一列を抜き出す。

「杉・化・二・切・靴・也・祈・汗・秋」

でもって、それぞれを、偏と旁《つくり》にわけて、字画の数を割り出す。たとえば「杉」なら「四」(偏)「三」(旁)という感じ。そして偏の数字は子音、旁の数字は母音をあらわし、四だと「アカサタ」の「タ」行、それの三なら「タチツ」で「ツ」という文字が割り出されるのだ。ちなみに、冠と脚は分けずに、全体の画数を数字にする。

ちょっと、めんどくさい。

それから、二字目に「×」がついているときは、解読した音が濁音になる。だから、たとえば「二」は、「アカ」の「カ行」、旁に相当する数字はないので、「カ」とまずは読み、それに濁点のついた「ガ」になる。△は乱歩の小説になかったのでちょっと難物だったが、おおむねこのような法則にのっとり、わたしはこの「黒手組方式」の暗号から、次のような文章を導き出した。

「つきがきれいですね」

ふう。

と、わたしはため息をついた。

花粉症のつらさを訴える手紙には言外の意味があったわけだが、それではこの、夜空にかかる地球の衛星、太陽系の中でもっとも地球に近い天体の景観をめでるこの言葉の言外の意味はなんでしょう？

さすがに、こんなわたしでも、夏目漱石の名訳（迷訳？）という俗説のあるその文章のもとの英語がなにか、くらいのことは知っている。

それで、エイフクさんにどういうふうに返信したらいいのかは、まだ考えついていないのだけれども、頭の中に棒縞を着こんだ久利タケヒロがあらわれて、

「人生はおもしろいね。この俺がきみたち二人の月下氷人を務めたわけだからね」

と言ったりする妄想を、いまのところは楽しむことにしたのであった。

切支丹屋敷から出た骨

夏休みに入ってすぐに、エイフクさんは台湾に行ってしまった。

わたしも行けばいいような気がするのだが、とりあえず、バイトでもしないと渡航費用が出ない。だから、台湾行きはお正月休みにしようかなと思っている。エイフクさんは、それなら春節にしたらいいんじゃないかと言っていた。台湾は旧正月を祝うそうだけれど、それは後期試験の後になるのだろうか。微妙にかぶりそうな気がするけど。

富山にはひと月ほど帰って、のんびり過ごした。やっぱり田舎はいい。空気がきれい。なにより魚がうまい。母の手料理を毎日たらふく食べられるのもうれしかった。

でも、夏休み後半は東京に戻って来た。わたしにとっては、まだ東京じたいが外国みたいなものだし。

舞踏科一年の金子泉さんが、ちょっと割のいいバイトを紹介してくれたからでもある。こじゃれたビアガーデンでのホールの仕事だ。さいしょに聞いたときは、泉さんみたいなきれいな人じゃなきゃ採用されないんじゃないかと思ってビビったが、採用基準に身長とか美貌とかそういうのはないらしい。制服はあるけど、バニーガールみたいなこともなく、白いシャツに黒いリボンタイ、黒のサブリナパンツにローヒールなので、着るのもぜんぜん嫌じゃなかった。

　場所は乃木坂で、大学のある界隈とはまるで表情の違う東京だというのも魅力だった。麻布とか乃木坂とか六本木とかは、名前は聞いていてもほとんど行く機会がなかった。思い切って国立新美術館に行ってみたのがせいぜいのところで、サークルの飲み会も御茶ノ水あたりなので、港区という地名に心が躍る。

　三人でやろうよと泉さんは言ってくれたのだが、よしんばは故郷での塾講師の仕事を決めてしまっていた。だから、泉さんと二人で応募した。泉さんは神奈川県川崎市の出身で、実家通い。でも、「ダンスのスタジオが麻布にある」とかで、港区に詳しい。

　そのビアガーデンは、こぢんまりした素敵なホテルが期間限定で屋上にオープンするもので、東京タワーもすぐ近くに見えて、ザッツ東京な感じがする。仕事が終わるのは、夜の十一時なので、帰宅はけっこう遅い時間になるけれど、夕方からの勤務だから、昼間はわりと好きに使える。とか言っても、つい、寝てしまうのではあるが。志桜里さんのいいところは、遅く帰ろうが昼間寝ていようが、まったく気にしないところだ。

　夏休みといえば恋の芽生える季節。夏限定バイトも、出会いを見つけるにはぴったりだ。ほんとうに、絵に描いたみたいな恋愛をはじめてしまったのは、だけどもちろん、わたしではなくて、泉さんなのだった。

しかも相手はイタリア人だ。

場所柄、店の客も外国人が多いので、採用の時の面接では、英語が話せるかどうか聞かれた。注文を取るくらいならできるだろうと思ったし、面接担当者も大学生ならなんとかなるだろうと思ったらしく、高校時代にバレエ留学していた泉さんはもちろんだけれども、わたしもなんとか採用になった。いっしょに働いている人の中にも、イタリア人が一人とアメリカ人の女の子が一人いる。で、その、イタリア人のほうと、泉さんは恋に落ちた。

「ジュゼッペがね」

と、泉さんはしあわせそうに言う。

「こっちのほうがきれいだって言うんだけど、日本の夏は暑いんだよね、まとめとかないと」

文句を言いつつ、泉さんはバイトが終わると長い髪を下ろして、ジュゼッペといっしょに帰るようになった。帰るというのは、ジュゼッペの住んでいる方向へ行くということで、その後、どういう展開になっているのか、わたしはよくわからない。泉さんは自宅生なので、親御さんはどう考えていらっしゃるのか。これがもし、富山のわたしの家だったら、両親の怒髪が天を衝く前に、女友だちの家に泊まっているとか、いろいろアリバイ工作をすることになるのだが、泉さんに「真智ちゃんのとこに泊まってることにしといて」と言われたりしていないから、泉さんの家はうちより自由度が高いのかもしれない。

これが元ヒッピーの志桜里さんとなると、おばあさんの癖になにも干渉して来ない。

エイフクさんから「月がきれいですね」という回りくどい告白があってから、わたしも何回かお泊まりに行っている。志桜里さんには「友だちのところに泊まる」とだけ言っているが、たぶん、その友だちが誰だかはわかっていると思う。

それはさておき、ジュゼッペだ。

泉さんの彼氏となったジュゼッペは、栗色の髪と瞳をしていて、ハンサムで人懐っこい。アニメと漫画で勉強した日本語は、「ゲットだぜ！」とか「てっぺん」（ボスとか、いちばんいいポジションのことをなぜかジュゼッペはそう呼んでいる）とか、ちょっとユニークだ。

ジュゼッペはわたしたちと違って、こぢんまりした素敵なホテルの従業員である。そのホテルはイタリアにもあって、海外研修のような制度があり、夏の三ヶ月、日本で働くことにしたのだそうだ。日本以外の国に行くこともできたけど、新海誠《しんかいまこと》の映画が好きだから、聖地巡りをしたいと日本行きを希望したらしい。今日はヨツヤだ、明日はシナノマチだと、二人して楽しそうに舞台になった場所を歩いている。そういえば、国立新美術館も聖地だそうだ。

一度、ジュゼッペは、泉さんとわたしの通う大学を見たいと言ってやってきた。

それは、二人が雑司が谷あたりにある「のぞき坂」という、『天気の子』の聖地を見に行った帰りで、ここからなら学校も近いというようなことを泉さんが言ったらしい。それで、ついでに言えば、真智の家も近いという話になり、電話がかかってきて、唐突に二人はわたしの下宿を訪れた。志桜里さんの家はたしかに大学からすぐだし、キッチンとリビングは開放的で友だちを呼んでもいいことになっているから、いつのまにか泉さんやよしんばは、志桜里さんとも顔見知りになっている。

泉さんとジュゼッペがあらわれたときに、ご機嫌でお茶とお茶菓子をふるまってくれた坂マニアの志桜里さんが、得意げに「のぞき坂」について熱弁をふるったのは言うまでもない。東京屈指の急坂で、アニメの舞台になることも一度ならず、名前の由来は、あまりに急なので、上からそっとのぞいてみて下れるかどうか確かめてから下ったからだとかなんとか。

ところで、そのジュゼッペが妙な夢を見るようになった。

日本の、着物を着た女の子が出てきて、なんやかんや話しかけて来る。どう考えてもそれは日本語なのだけれども、ときどきイタリア語も混じっていたりして、夢の中だからとうぜんなのかもしれないけど、言ってることはわかるんだそうだ。その女の子は知り合いのようなのだけれども、ぜんぜん覚えていないし、漫画やアニメでも見た覚えはない。だいいち、ぼろぼろの着物からして、すごく前の時代の人っぽい感じがするとのこと。

「何度も、同じの夢。同じの女の子」

「毎回、夢の中で、おんなじことを繰り返しているの？」

「そう思います、じゃない。同じこと話す、じゃない」

「話す内容は違うってこと？」

「違う思います」

ジュゼッペの発音だと、最後の「す」が、どっちかというと「せ」に聞こえるなあ、「思いまっせ」みたいな感じだなと思っていると、泉さんはテレビドラマの中の探偵のように腕を組んで指を一本立て、眉間にしわを寄せた。

「その女の子はなにか、ジュゼッペに訴えたいことがあるんじゃない？　なにかこう、因縁のようなものがあるんじゃない？」

「イーネン？」

わたしも泉さんも、ジュゼッペに「因縁」をどう説明したらいいかわからなかったので、急に無口になった。

*

長い、長いときが流れました。

そのあいだ、わたしたちはほとんど、人とは会わずに過ごしました。

もちろん、あの家から出ることを、わたしたちは許されておりませんでしたから、二人きりで過ごしておりました。それがおかしなことであるのか、幸いではないのか、そんなこともあまり考えずにいたように思います。

お教えは、胸の中に残っておりましたけれども、それを表に出すことは恐ろしいことでしたし、悟られる必要はない、心の中で祈れと教えていただきましたので、そのようにしておりました。いえ、そのようにしているつもりでいて、お教えからは、離れていきました。教えは棄てたといつわりながら生きているのではなく、いつわっているといつわりながら生きておりました。それが罪深いことと気づいたのは、あなたさまが世を去られて何年も過ぎ、もう、お屋敷があのような形で使われることもなくなって、ずいぶん月日が経ってからのことでした。

覚えておられるでしょうか。あのころ、まだわたしは、娘といってよいような年頃だったのです。

わたしの親も、夫の親も、罪びとで、咎《とが》を受けて死にました。わたしたちは親の顔も名前も知りません。罪びとの子どもは生まれながらにして罪びとなので、罪びととして育てられ、罪びとの世話をする婢女《ひじょ》としてのみ生きることが許されておりました。

お屋敷でのいくつかの冬を越えたころに、おまえはなぜこのような場所で、わたしのようなものに仕えておるのかと聞かれて、おずおずと答えたわたしに、あなたさまはほんとうに嬉しそうな笑顔を向けられました。

娘よ、この世に、罪びとでないものなどおらぬ。われらはみな、生まれながらにして罪びとである。そして、われらはみな、世の罪をすべて背負って十字架にかけられた方の下僕であり婢女である。わたしも、おまえも、この屋敷の主も役人も、すべて罪びとで下僕なのだ。生まれながらにして、そうなのだ。

はじめは、あなたさまの言葉の意味がわかりませんでした。わたしとあなたさまとお役人様がみなすべて同じように罪びとのはずがないと思いました。

ただ、なにかとてもたいせつなことを聞いたように思ったのです。わからないながらに、あなたさまの言葉を何度も何度も、考えずにはいられなくなりました。

娘よ、この世に、罪びとでないものなどおらぬ。

わたしは夫に話しました。夫も、雷に打たれたように、その場を動けなくなりました。そしてやはり何度も、お言葉のことばかり考えたようでした。

それ以来、わたしたちは少しでも長く、あなたさまのおそばにおり、お話をうかがうようになりました。

わたしと夫は親がなく、文字も知りませんし、誰かにお話をしてもらうということがありませんでしたので、あなたさまが話してくださる異国の物語は、みな、沁みるように胸に入って来たものでした。とくに、救い主さまの誕生の物語を、何度も聞かせていただいたのを思い出します。もちろん、わたしたちがおそばに行くことがかなうのは、お膳を上げ下げするときや、お部屋を掃き浄めるとき、お召し物をおあずかりするときなど、限られたものでしたから、ひとつの物語を聞かせていただくのに、何日もかかったことを思い出します。

少しずつ、異国の言葉も覚えました。

それはまるで、子どもの遊びのようでした。あなたさまが召されて、ずいぶんと年月を経ても、いくつかの言葉は覚えておりました。

ちょうとら、というのは、飯碗のことでございました。

ばせとに、というのは、おひげのことでございました。

おひさまは、そーれ。おつきさまは、るーな。

もっと覚えておりましたらよかったのですが、もともと覚えが悪いのに、年月も流れてしまいましたので、わずかな言葉しか思い出せません。

それでも、これらの言葉を覚えておりましたことは、わたしと夫の行く末にとって、ずいぶんとだいじなことになりました。

＊

ジュゼッペは、その奇妙な夢を見続けた。

ただ、毎日ではなかったようだ。それでも二日おきくらいには、その少女はジュゼッペの夢枕を訪れた。ジュゼッペもだんだん慣れてきて、それほど薄気味悪いとも感じなくなったらしい。というのも、彼はとても忘れっぽかったので、夢を見たということは思い出せても、会話の内容までは覚えていなかったのだ。

夢というものに、あまり関心がないようだった。そういう人間って、いるものだ。わたしの想像では、ジュゼッペは毎日、その女の子に会ってたんじゃないかと思う。人は毎日、

四、五回は夢を見るって話だから。
ひとつだけ、わたし自身も気になった事実は、ジュゼッペが志桜里さんの家にやってきた次の日から、女の子の夢を見るようになったことだ。

「のぞき坂」のことで盛り上がったのに気をよくした志桜里さんが、例の調子で「切支丹坂」について話しはじめ、流れで「切支丹屋敷」の話をすることになり、ついでに「切支丹屋敷跡から出た骨」についても、ちらっと話すことになった。

切支丹屋敷跡の石碑は、志桜里さんの家から徒歩一分もかからない場所にある。

江戸時代の話だ。島原の乱のあと、キリシタンの取り締まりが厳しくなって、外国人宣教師は伝馬町《てんまちょう》の牢屋に入れられた。しばらくして宗門改役《しゅうもんあらためやく》の井上政重《いのうえまさしげ》という人の下屋敷だった小日向に、牢や番所を建てて収容したのがはじまりだという。鎖国政策のもとでの、信者や宣教師の収容は、十八世紀の終わりに宗門改役が廃止されるまで続いたそうだ。

ここに収容されていた外国人宣教師でいちばん有名なのが、シドッチというイタリア人神父だ。幽閉されていた期間に、新井白石が訪ねてきて、西洋事情をあれこれ尋問した。尋問といっても、どちらかといえばレクチャーみたいなものだったかもしれない。

新井白石と『西洋紀聞』については、高校の歴史の授業でも習うけれど、レクチャーした外国人がイタリア人でシドッチという名前だというのは、志桜里さんの家で暮らすようになってから頭に入ったことだ。

シドッチ神父の骨が出土したのは、二〇一四年のことだったそうだ。神父が亡くなったのは一七一四年なので、ちょうどぴったり三百年を経て発見されたわけで、近隣では少なからず話題になった。

ＤＮＡ鑑定の末に「イタリア人のシドッチ神父」と認定された骨のことを聞かされて、同胞であるジュゼッペもそれなりに興味を持ったようだった。

「二〇一四年って、わりと最近ですよね？」

「そうそう。屋敷跡にマンションを建てるために工事をしたとき、偶然掘り出されたんだって」

「見つけた人は驚いたよね」

「わたしもつい、掘って調査してるの、見に行っちゃった」

「骨を？」

「いや、骨じゃなくて、全般的に、よ。骨はもう回収された後だった。弥生時代のものとかも出るからね」

「そんなのが出る？」

「出るわよ。だって、弥生式土器の名前の由来の、弥生町ってこの近くだもの」

「骨の話に戻りますけど、どうして新井白石と話した人のだってわかったんですか？」

「それはＤＮＡ鑑定で」

「だって、その人、死んじゃったわけでしょ。子孫が残ってて、鑑定に協力したわけじゃないでしょう？」

志桜里さんは、本棚に資料を見つけに行き、もぞもぞとそれを繰《く》りながら解説した。

「ええとねえ、いっしょに出土した焼き物の破片から、骨は十七世紀末から十八世紀初めに埋葬されたものと考えられた。それからね、歯がね、鑑定の結果、イタリア人だってことがわかったんだって」

「歯が？」

「そう」

「歯でそんなことがわかるの？」

「うん。もう二体、遺骨は出てきたんだけど、一体は、歯で日本人だとわかったらしい。もう一つは破損がひどくて鑑定できなかったとか」

その場にいた人間は全員、舌の先で自分の歯をつっつき始めた。

しかし、歯で、どこまでわかるんだろう。たとえばエイフクさんの歯は、日本人と台湾人のミックスだってわかるんだろうか。

「身長は百七十センチ以上、というと、やっぱり当時の日本人の背の高さではないんじゃない？　それに、江戸時代の記録に、シドッチ神父の背の高さは六尺とある。百八十センチくらいかな。そして、神父は切支丹屋敷の裏に葬られたという記録もあるんだってさ。だから、シドッチの骨と考えて、ほぼ間違いないってことになった」

ついでにいうと、いっしょに出土した二体は、シドッチの身の回りの世話をしていた日本人の老夫婦だろうと推定されているらしい。

ただ、ジュゼッペはこの話題からだんだん関心を失っていったみたいだった。考えてみれば、自分の同胞が異国で迫害されて死んだなんて話は、あまり気持ちのいいものではないだろう。

「なぜ、この屋敷にキリスト教徒が集められたのか?」

みたいなことを聞くので、泉さんが英語で、

「そのころ日本の政府はキリスト教を禁止してたから、宣教師たちはみんな牢屋に入りました」

という説明をしたら、ぎょっとしたような顔をしていた。

ジュゼッペはあんがい繊細な人で、泉さんといっしょに横浜に出かけて、「外人墓地」だけに行ってショックを受けて帰って来たこともあった。正式名称は「横浜外国人墓地」だけれども、ジュゼッペが知っている日本語である「ガイジン」と墓地を意味する英語を組み合わせた単語の強烈なインパクトに衝撃を受けたようだった。だから、ほんの少ししか話を聞かなかったように見えて、切支丹屋敷とその骨の話は、ジュゼッペには忘れ難いものになったはずだと思う。

ぼろぼろの着物を着た女の子が夢枕に立つようになったのは、江戸時代の切支丹迫害についての知識をちょこっと仕入れたジュゼッペが、その妄想に悩まされるようになったのではないかと、わたしは想像している。出て来るのが女の子だったのは、ジュゼッペの趣味の問題だろう。

さらに大胆な想像力を発揮したのは志桜里さんで、ジュゼッペに取りついたのは、シドッチ神父といっしょに掘り出された二体の骨の一つ、日本人の老夫婦の妻の方ではないかというのだ。

「それは違うと思いますけど」

と、わたしは控えめに訂正を入れた。

「ジュゼッペの夢に出てきているのは、老婆ではなくて少女です」

「あ、そう？」

自分の推理を簡単にくつがえされて不愉快な志桜里さんは、小柄なので少女と見違えているだけで老婆なのでは、とか、ほら、ヨーロッパの人なんかから見ると、日本人はとてもなく若く見えると言うじゃないの、とか言って抵抗した。

「さすがにおばあさんはおばあさんに見えるんじゃないかと思いますけど」

「そうかしら」

志桜里さんはちょっと傷ついたように、ぷいっと横を向いた。

いや、志桜里さんのことを言っているわけではありません。

と、フォローを入れようとして、危ない、危ない、余計に怒らせるところだったと思い、そーっと自分の部屋に退却する。

ところで、泉さんの解釈は、切支丹屋敷とも骨ともなんの関係もなく、もしかしたら自分以外に日本人の彼女がいるのではという、完全に斜め上方向からの妄想だった。

「だって、毎日、その子の夢、見るんだよ。なんか、いやじゃん」

くちびるを尖らせて、泉さんは言う。

いやいやいや。

ぼろぼろの着物を着た彼女なんてものが、現代に存在するとは思えない。

「ぼろぼろの着物着てるとか、嘘かもしれないじゃない。ひとりの女の子の夢をしょっちゅう見てるってことが問題なの」

泉さんは嫉妬しているのだ。かわいらしいではないか。かわいい女の子が嫉妬すると、なんだか、かわいいな。

「だって、イタリアで日本語を勉強してたときに、旅行中の日本人と知り合ったとか、言ってたもん。日本に来てから、その子と連絡とったっぽいもん」

「でも、泉さんと毎日会ってるじゃない」

「それは仕事だからさー」

「でも、毎日、仕事終わりにいっしょに帰ってるわけだから、ほかの女の子と会う時間とか、ないじゃない」

「休み取って、京都に行くんだって」

「いっしょに行けば？」

「そんなの知らなかったから、バイト入れちゃったもん。期間限定バイトなのに、二週間も休めないじゃん」

「二週間も京都に？」

「怪しくない？」

「その子は京都にいるの？」

「いるんじゃないの？　それか、京都で会うことにしたか」

「ジュゼッペは、ただ京都に行きたいだけでは？」

「一週間は、無理言って休むことにしたの。でも、あとの一週間が不安。京都って、古都じゃん。着物が似合う街だよね。イタリア人だから、キョートの女の子はキモーノって、イメージ結びつけてるんじゃないかなって」

「ぼろぼろの？」

「知らないよ、そこんとこは！」

わからない。恋する女の子の疑心暗鬼がわからない。余計なことを考えずに京都旅行を楽しんでくることを祈る。

しかし、だんだん、夏休みを丸々、台湾で過ごすエイフクさんに、女の影があるかどうか不安にならない自分に対して、不安になってきた。

エイフクさんにメッセージを送ると、

「計画通り、日本統治期台湾文学研究に勤《いそ》しんでいる」

というのが返って来た。

彼は、だいじょうぶだと思う。

わたしと夫が洗礼を受けたのは、あなたさまが亡くなられてからでございました。わたしたちが何度お願いしても、一度、神の道を踏み外した自分には洗礼を授けることができないと、とても苦しそうなお顔をなさいましたね。亡くなられたあと、わたしと夫は、心の中に大きな穴が空いたような気持ちで過ごしました。そして、どうあっても信仰の道に入りたいと思い、寿庵《じゅあん》さまにお願いしたのでした。

その寿庵さまも亡くなられ、あなたさまといっしょにお屋敷に来られた方々がみな亡くなられ、山屋敷《やまやしき》はひっそりと、誰もおとずれなくなりました。わたしたちは出ることを許されておりませんでしたから、人の住まぬ大きなお屋敷の片隅で、生きているのか死んでいるのかもよくわからぬような日々を送っておりました。ただ、月日だけが流れ、老いばかりがわたしたちをおとないました。

厳しいお取り調べが、この屋敷はそのためにあるのだぞとばかりに行われて、そしてわたしたちはお教えを棄てました。あんなにもこいねがった道でしたのに、おそろしさのためにあっさり棄てました。寿庵さまは、役人に悟られるようなことがあってはならぬ、心の中だけで祈りなさいと教えてくださいましたけれど、棄てたことの疚《やま》しさは胸に巣くい、やがてその苦しさをも棄てるために、祈ることも忘れました。

そんなふうにして、十四年もの年月が過ぎ、あなたさまが亡くなられてからの年月を数えますと、送った冬も三十にはなろうかと思われます。わたしと夫は年老いておりました。あの方がお屋敷にお見えになったとき、そして、わたしと夫が身の回りのお世話をするのだと告げられ、初めてあの方にお目にかかったとき、わたしたちは、あなたさまがお戻りになったのかと思って、息を飲みました。それほど、あの方は、あなたさまに似ておられました。髪も、目も、言葉の訛りもそっくりでした。

わたしたちは、まだ若く、子どもであった時分からまだ日の経っていなかった、あのころを思い出しました。お食事をお持ちするときにこっそりと、少しずつ、少しずつ、異国のお話を聞かせていただいたころのことを。

わたしと夫は罪科を受けて死んだ者の子、親も知らず、親の名も知らず、他人から言葉をかけてもらうこともなく育ちました。わたしと夫は、山屋敷の外になにがあるのか知りません。お屋敷を出たことがないのです。

ですから、あなたさまに聞かせていただいたお話は、わたしと夫にとってはじめての、そしてたった一つの、お屋敷の大きな門の外側でした。それを、考えまいとして、お教えは棄てたものとして、長い年月を生きておりましたが、それがどんなに大きなものだったか、屋敷の内側がどんなに狭いものだったか、わたしと夫はにわかに思い出したのです。

わたしたちは、あの方のお近くでお世話をするようになりましたが、そんなに時を経ずして、あの方のわたしたちへの接しようも、まるであなたさまと同じであることに気づきました。あの方もおやさしく、えらぶったところがなく、食事を運ぶわたしたちに大きな体を折って頭を下げられました。

＊

真智ちゃん、真智ちゃん！

わたしがバイトから帰ると、志桜里さんが転がるようにして廊下を速足で歩いてきて、部屋の引き戸をとんとんと叩いた。

帰りは十二時近くなる。そんな時間に志桜里さんが声をかけてくるのは珍しい。何事かと思って引き戸を開けると、妙にきらきらした目の彼女が立っている。

「真智ちゃん、わたし、思い出したの！　真智ちゃんに知らせてないことがあったんじゃないかって、ずーっと気になってたのよ、このところ」

「知らせてないこと？」

「あそこには、シドッチ神父以外に、もう一人、イタリア人が収容されてたことがある」

「あそこって、切支丹屋敷ですか？」

「それ以外にどこがある？」

志桜里さんは、両手に持った缶ビールを持ち上げて、くいっと首をひねった。リビングに来い、という合図だ。

わたしはちらりと腕時計を見て、どっちかというとお風呂に入って寝たいなあと考えたが、志桜里さんが興奮しきりなので断れなかった。それに、明日も寝坊できるのが夏休みのいいところだ。

志桜里さんのテーブルには、ネットで調べたもののコピーや、文京区の歴史みたいな資料がいっぱい載っていたが、いちばん目を引くところに置かれていたのは、遠藤周作《えんどうしゅうさく》の『沈黙』だった。

「『沈黙』って、読んだ？」

「読んでないけど、マーチン・スコセッシの映画は観ました」

志桜里さんは自分の住んでいる文京区小日向が大好きで、好きすぎて、文学作品に「小日向」が登場するとページの角を折り、本棚の「小日向コーナー」に収集しているのだが、どうやら『沈黙』も、そこから引っ張り出して来たらしい。わたしは角の折れたページを開いた。江戸時代に日本にやってきたポルトガル人宣教師を取り調べ、拷問にかけた挙句に「転ばせた」宗門改役の井上筑後守政重のセリフがそこにある。

「一カ月たてば江戸に参り、住まうがよい。パードレのため邸も用意してある。もと余が住んでいた小日向町の邸だが」

え？

わたしは目を剝いた。

「『沈黙』の主人公が住んでたの、そこなんですか？」

「そう。まさに、あそこ」

「うわあ」

「だけど、ほら、小説の中のセバスチァン・ロドリゴはイエズス会が派遣したポルトガルの司祭ってことになってるじゃない？　実在のモデルがいたってことは知ってたけど、モデルもポルトガル人だろうと思い込んでたのね、わたし」

「違うの？」

「セバスチァン・ロドリゴは、岡田三右衛門《おかださんえもん》ていう、死んだ侍の日本名をもらって、その妻を娶《めと》って切支丹屋敷で生涯を閉じることになってるんだけど、岡田三右衛門という人は実在しなくて、歴史上残っている名前は岡本《おかもと》三右衛門なの」

「岡本三右衛門？」

「うん。遠藤周作が『沈黙』の最後に、付記のように書いている〈切支丹屋敷役人日記〉の中でも、〈小石川無量院へ葬る〉〈三右衛門戒名、入専浄真信士〉ってある。これは岡本三右衛門のほんとうの戒名だそうよ。無量院というお寺は、区画整理やなんかで廃寺になり、墓碑は、いまは調布のサレジオ神学院に移設されてるんだって」

「で、その、岡本三右衛門になった人は、ポルトガル人ではなくて、イタリア人なの？」

「そう。もとの名前はジュゼッペ・キアラ」

「ジュゼッペ？」

志桜里さんは、深くうなずいた。それからビールを満足そうに飲んだ。

「ね。名前までいっしょなんだから、わたしの推理は当たってると思わない？」

「なんの推理ですか？」

「ジュゼッペの夢に出て来るのは、シドッチ神父の骨といっしょに掘り出された日本人夫婦の妻のほうってやつ」

「いやいやいや。だって、それは老夫婦で、シドッチ神父のお世話をしてたんでしょ」

ちっちっちっ。

志桜里さんは得意げにひとさし指を左右に振った。

「老夫婦の名前は長助《ちょうすけ》とハル。罪人の子どもで身よりのない二人は、切支丹屋敷に引き取られて育ち、屋敷の外に出ることは禁じられていたんだって。この人たちが死んだのはシドッチ神父といっしょの一七一四年で、そのとき長助は推定五十五歳。ハルのほうはわからないらしいけど、同い年だと考えると、一六六〇年ごろに生まれてる」

「ジュゼッペが切支丹屋敷にいたのは、いつからいつまでなんですか？」

「幽閉されたのは一六四六年。死んだのは八十三歳で一六八五年なんだって」

「な、長い。四十年近くも、そこの切支丹屋敷で？」

「そう。だから、長助とハルがいつ切支丹屋敷に連れて来られたのか知らないけど、子どものころから岡本三右衛門とは会ってるんじゃないの？」

「子どものころに、ですか？」

「二人はその屋敷で奴婢《ぬひ》として働いて、夫婦になるのね。そして最晩年にシドッチ神父から洗礼を受けるんだけど、じつはそれ以前に、ジュゼッペ・キアラと同時期に捕らえられた寿庵という中国人修道士からも受洗しているらしいの。いったんは踏み絵を踏んで棄教したけど、シドッチ神父に会って、その人柄と志に打たれ、棄教なんてあさましいことをしたって恥じて、もう一回、入信したんだって」

「ほほう」

「そのために、シドッチ神父も長助とハルも、別々に地下牢に閉じ込められて、ほどなく亡くなってしまうんだけど」

志桜里さんとわたしは、そこまで話して二人でしんみりした。

目と鼻の先の土地に「地下牢」があり、そこで獄死した人の骨が出たと知るのは、あまり楽しいことでもない。そういうことを、ホテルマンのジュゼッペに聞かせなくてよかったような気がした。

「でもねえ、わたしが救いだと思ってるのは、三人ともきちんとした形で土葬されたこと」

「土葬？」

「キリスト教徒らしく葬られたってこと。しかも三人、並ぶ形で」

志桜里さんの推理は推理で、それなりに筋が通ってはいるけど、どっちにしても三百年前に死んだ人の骨にジュゼッペが取りつかれているなんていうのは、迷信の一種だとわたしは思う。

＊

わたしと夫の間に、奇妙な気持ちが芽生えました。まるで若いころのような、遊びを楽しむような、でも少し怖いような、おかしな気持ちです。

さいしょに声をおかけしたのは夫でした。

あの方が、くさめをなさったとき、ふいに夫の口から、

「さるーて」

という言葉が飛び出しました。

何十年も忘れておりましたのに、どうしてそんな言葉が出てきたのか、夫にもわからなかったそうです。あの方は、ぴくっと肩を震わせました。わたしや夫がくさめをすると、あなたさまがかけてくださったお言葉でしたね。そのやさしい響きを、わたしたちは思い出したのでした。

その翌日か、翌々日だったでしょうか。飯碗をお下げするときに夫が、

「ちょうとら」

と、言ってみたのです。あの方は、困ったようなお顔をされました。夫がなにを言ったのか、わからなかったのでしょう。夫は、頬を撫でるしぐさをしながら、

「ばせとに」

と、言いました。

あの方は、しばらく口の中で、夫の言ったことを繰り返し、ご自分の頰を撫でておられましたが、はたと思い当たったのか、驚いて口を開け目を見開き、手に持った箸を取り落とされたそうです。

そして、ご自分の頰ひげを撫でながら、

「ばせとに」

と、おっしゃり、夫の手から飯碗をひったくって、

「ちょうとら」

と、おっしゃったそうです。

そのあと、あの方はずいぶんたくさん、異国の言葉で話しかけられましたが、こんどは夫が困りました。わたしたちが覚えているのは「ちょうとら」「ばせとに」、それから「そーれ」と「るーな」だけだったからです。

それでも、あの方の目は、はじめのころよりももっとやさしくなり、わたしたちに、異国の言葉をほかにも教えてくださろうとなさいました。わたしと夫はもう、若いときと違って、そんなことができるほど元気ではありませんでしたが、わたしたちとあの方は、これらの言葉のおかげでうちとけることができたのです。

あの方がお屋敷に来られてしばらくは、ほんとうに久方ぶりにお屋敷がにぎやかになりました。あの方のご詮議のために、幕府から高名な学者さんがいらっしゃったからです。

通詞の方もおおぜい、お見えになりました。

しかし、それも、ある時期から途絶えて、山屋敷は以前のような静けさに包まれるようになりました。あの方がいらだっておられるように見えたころもありましたが、やがてあの方の目にも、あきらめたような、奥に引っ込んでしまったような、あなたさまと同じ昏《くら》さが浮かぶようになりました。あの方が山屋敷に来られて、五年目のことです。

そんなころに、わたしと夫は、ある計画をあの方に打ち明けたのでした。

わたしたちは、あの方に、もう一度洗礼を授けてくださいとお願いしました。

わたしたちはもう、ずいぶん長いこと生きました。この屋敷から外に出ることもかなわないし、老い先は短いのでしょう。その短い命を惜しむよりも、幸いはほかにあると思えるようになりました。

そしていつからか、わたしたちはあの方とともに、考え始めたのです。

誰がはじめに思いついたのか、もう、定かではなくなってしまいました。ただ、心を押し隠して生きるのはもうやめようと思ったのです。それがわたしたちの死期を早めることになっても、それはかえって望ましいことではないかとも思ったのです。

あの方ご自身も、布教を許されることもなく、かつて志を抱いて海を渡った先達のように教えに殉ずることもなく、ただ長い年月を生きながら腐っていくような日々を送るのは、耐えがたいと思われていたのでしょう。

信仰を告白すれば咎を受け、親たちのような目に遭うことはわかっていました。それでもよいのか、と、あの方はたずねられました。よいもわるいも、そのころにはもう、それ以外の幸いを考えられなくなっておりました。

わたしたちは、わたしと夫とあの方は、最後までいっしょにおりましょうと、誓いを立てました。

わたしと夫とあの方は咎人となり、体は引き離されましたが、心まで引き離すことは誰にもできませんでした。

そして、あの方のお声はずっと聞こえておりました。

あの方はずっと、わたしと夫の名前を呼んでおられました。あんなふうに力強く、名を呼ばれたことはありませんでした。

そのお声は、最後まで聞こえておりました。

＊

泉さんはジュゼッペについて京都に行き、不機嫌になって帰って来た。

京都に別の女の子がいたのかというと、少なくとも泉さんといっしょのときには、そういう気配はなかったようだ。ただ、泉さんが疑り深く、嫉妬深いのに辟易《へきえき》して、ジュゼッペが引き気味になってしまったらしい。

泉さん、あんなにかわいいのに、ひょっとして恋愛下手なのだろうか。そんなことってあるのか。

「どうせひと夏の恋だし、もう、いいの」

と、泉さんは言った。

「イタリアに帰っちゃうもん。それでも続けようとは思ってないし。早いとこ気持ち切り替えて次にいくつもり」

あれ？　どうなんだろう。泉さん、ひょっとしてやはり恋愛上級者なのか。気持ちさえ切り替えれば、次がすぐ見つかりそうなところもただものではない。

期間限定ビアガーデンは、九月二十九日の日曜日に終了し、三十日は店じまい兼スタッフの慰労会が行われた。ビュッフェで、食べ物もドリンクも取り放題、自分たちで用意して自分たちで片づける方式だけど、東京タワーを間近に見られる乃木坂の夜を満喫できたのはうれしかった。

ジュゼッペが翌日の便でイタリアに帰るというので、泉さんも残念そうではあった。羽田に送りに行くと言っていたから、空港ではドラマみたいな別れが待っていて、気持ちが変わったりするのかもしれない。

京都に行ったあたりから、例の夢は見なくなったそうだ。志桜里さんの説を話してみようかと思ったけど、言わずにおくことにした。

ふと、気になって、夢の中の女の子が悲しそう、あるいは苦しそうだったかとたずねてみた。

ジュゼッペは顔を変なふうにしかめてしばらく考えていたが、最終的には人懐っこい笑顔を浮かべて、頭をゆっくりと左右に振りながら、

「ノー」

と言った。

シスターフッドと鼠坂

話は夏休みの、富山帰省中のことになる。

家の縁側で、ぼーっとトウモロコシをかじりながら、わたしは、隣で洗濯物を畳んでいた母・珠緒にたずねた。

「お母さんが、志桜里さんに大久保病院事件の話を聞いたときって、どんな感じだったの?」

母はTシャツを畳む手を止めて、庭の真ん中に小動物でも見つけたように一点を見つめてしばらく無言になった。そして、首をぐるりとこっちに向けて口を開いた。こういう、のんびりした動作は、おばあちゃん譲りだと思う。

「大久保病院事件って、なに?」

「だから、お母さんが生まれたときのことだよ。志桜里さんが病院に来て、おばあちゃんがお母さんを産んだことにしたときのこと」

「大久保病院事件って、あんた。大久保病院事件って。事件って、あんた。人騒がせな。

何かと思ったわ」

母は口をぱくぱくさせて、「事件ってあんた」を繰り返した。こういうときの母・珠緒は、ぼけっとしているように見えて、素早く頭を回転させているのである。

「そりゃもう、びっくり、よわったよ。ただね、いきなりではなかったねえ」

「え？　いきなりじゃ、なかったの？」

「うん。あんた、どこまで志桜里さんに聞いとるの？」

「どこまでって。肝心なところはひととおり」

「大学進学で上京することが決まって、志桜里さんちに下宿させるってことは、おじいちゃんとおばあちゃんが勝手に決めてしまってね。あのころはまだ、リフォームしてない、古いうちだったけど、ともかくそこに行ったときが、わたしが志桜里さんに会った最初よね」

「ひとりで行ったんでしょ？」

「ひとりではない」

「え？　ひとりじゃないの？」

「ひとりではないけど、それから、いきなりでもないけど、それで衝撃が弱まるかというと、そうでもない」

「ひとりではない、とは？」

「おばあちゃんといっしょに行った」

「おおお、そうだよね。そりゃ、そうだ。重大告白だもんね。二人から聞くべきだよね」

「だけど、こっちはそんなことは知らないからね。おばあちゃんの友だちの家に下宿するとしか聞かされてないから」

「一九九三年、春。珠緒は母・澄江に連れられて北陸新幹線に乗った」

「乗ってない。北陸新幹線はない。おじいちゃんに車で小松空港まで送ってもらって、そこから飛行機で」

「あ、そうだね。じゃあ、飛行機の中で、母・澄江から聞かされたってこと？」

「母・澄江はあのとおりだからね。何か言おうとしては、なーん、なんなんって、こう、手を振るの」

つまり、「いやいや、なんでもない」みたいに、祖母は言いかけては黙るわけだ。

「お母さんは、それまで志桜里さんに会ったことなかったの？」

「子どものときってこと？　ないねえ。東京だって、修学旅行と受験のときしか行っとらんし」

「じゃ、それまでぜんぜん知らなかった？」

「おばあちゃんが手紙のやりとりしとるのは知っとったよ。だけど、ただの、昔の友だちだと思ってたから」

「じゃ、自分がおばあちゃんの子どもじゃないんじゃないかと、疑ったこともなかった？」

「うーん、そうねえ。なかったね」

「敏郎《としろう》叔父ちゃんが産まれたときに、なにか感づいたりしなかったの？」

敏郎叔父ちゃんというのは、母より八歳年下で、いまの大久保病院の院長である。澄江おばあちゃんは二十九歳までずっと不妊に悩まされていて、どうしても子がほしいということで「事件」は起こったのだけれど、その後、夫である大久保莞爾は黙々と不妊治療に取り組み、鍼灸師の資格も取り、西洋医学と東洋医学の粋を集めて生命の神秘の研究を極め、その成果が八年後に敏郎叔父ちゃんとして結実したのであった。

もちろん、そのときは叔父ちゃんではなく、ただの赤ん坊だったわけだが。

「なんなん、なーんも」

と、母・珠緒はおばあちゃんみたいに手を振る。

「弟と自分とでは、愛情のかけられ方が違う、みたいなのはなかったの？」

「田舎で長男が生まれたら、そりゃ大事にされるから、当たり前だと思って、あんまり気にならなかったねえ。八つも年が違うから、敏郎のことは、わたしがいちばんかわいがったもの。わたしが実の子ではないと知っとる人も、病院にはいたと思うけど、陰でなんか言う人もいなかったし。おばあちゃんがああいうふうだからねえ」

ふんむ。

たしかに、澄江おばあちゃんという人は、どこかしら世俗を超越しているところがあり、性別もにわかにはどっちだかわかんないような人であった。性自認にゆらぎがあるとかそういうことではなく、大久保病院の奥様として必要な社交はこなすけれども、ゴシップとか噂話とか子どもや夫の比較競争みたいなものに関心がなく、服や髪型もかなり質素で、常に超然としていて、図書館に行っては『大菩薩峠』とか『南国太平記』みたいな、いつまで読んでりゃ気が済むんだかわからない大部の小説を借りてきて、縁側で読んでいた。新聞も大好きで、畳に広げ、自分は正座したまま、新聞に覆いかぶさるように体を曲げ、お正月のカルタ取りみたいな真剣な姿勢と眼差しで、隅から隅まで時間をかけてじっくり読む。

そういう人なので、子育てにもさほど思い入れはなく、もちろん、愛情がないわけではなかったが、あまり感情を表さなかったに違いない。

「あの人の娘として育ってれば、母親が変わり者だってことはわかるけれども、それが自分のほんとの母親でない、というところまで発想が飛躍しないよねえ。敏郎のことも、特別かわいがるって感じでもないから。ただ、こう、無口な中に、気持ちが感じられるところはあるでしょう。たとえば、運動会の弁当なんかに」

「弁当が、特別だった？」

「特別ではないけど、ほら、ハンバーグ入れてって言えば、入れてくれたり」

そこか。

たしかに、おばあちゃんのレパートリーはもっと、イカの煮付けとか、ぶり大根とか、すり身の味噌汁的なものであるのに、ほかのうちみたいにハンバーグ入れてくれろと子どもが泣けば、真剣に料理本を紐解いてハンバーグを黙々と作る澄江おばあちゃんの割烹着姿には、それなりに母の愛が感じられたのかもしれない。

話を戻すと、珠緒は母・澄江に連れられて小日向の志桜里さんの家に行く途中で、何度も何かを言いかける母の姿を覚えているそうだ。そして、その姿に、ただならぬものを感じて、自分の東京行きには大学進学以上のなにかがあるのかもしれないという気がしてきたのだという。

東京駅で丸ノ内線に乗り換えて茗荷谷で降りた母娘は、通うことになる予定の大学のキャンパスを少し歩いて、それから駅の反対側のさびれた商店街を抜け、坂道を登り始めた。

無口な二人が登り切った坂の上にある古い日本家屋は、不愛想な漆喰《しっくい》の塀で道路から仕切られ、塀の一部に取りつけられた板戸を押して中に入れば、飛び石が二つほど渡されて、玄関は目の前だった。

黒いでっぱりのような呼び鈴を押すと、はあい、と中から声がして、待ちかねた志桜里さんが飛び出して来た。

「白いシャツに、黒い七分丈のズボン穿いてね。髪は顎の下くらいで、前のほうが少し長くてまっすぐで、真ん中で分けててね。茶色に染めてたんだったかなあ。ちょっと怖かった。最初に会ったとき。田舎じゃ見ないような感じの人だったもの」

髪色が茶からグレーに変わっただけで、どうも志桜里さんは四十代からファッションが変わらないらしい。

「すごく驚いたのは、いきなり志桜里さんがおばあちゃんに抱き着いたことだね。ハグ？

見たことないから、そういうの。で、おばあちゃんがまた、それを予期してたみたいに、しっかと抱き留めるわけ。無言で。しばらく、家に入らずにそうしてたの、覚えてる」

澄江おばあちゃんと志桜里さんは学生時代からの親友なのだけれど、「大久保病院事件」以来、二人が会うのはなんと十八年ぶりだったのだそうだ。

富山で子育てをしている澄江おばあちゃんと、都会で、ひとりで生きている志桜里さんは、文字通り住む世界が違ったし、物理的な距離もあったから、交流は手紙のやり取りだけの十八年間が流れたのだった。ただ、性格も生き方もぜんぜん違う二人には、「筆まめ」という共通点はあり、おばあちゃんは珠緒の成長記録を写真とともに書き送った。

志桜里さんは、珠緒の成長アルバムを作った。

「あんたに見せたことなかった？」

「ないと思う」

「どっかに仕舞っとると思うよ」

そういうと、母は立ち上がり、納戸にアルバムを取りに行った。洗濯物は放り出していってしまったので、仕方なくわたしが続けて畳んだ。

志桜里さんは目鼻立ちのはっきりした、都会的な風貌の人だが、うちのおばあちゃんは点と線だけで似顔絵が描けるようなタイプ。母・珠緒はどうかというと、考えてみればどちらにもあまり似ていない。ただ、物腰や話し方が澄江おばあちゃんゆずりなので、親子に見えるのはこちらのほうだ。大久保病院こそ弟の敏郎叔父ちゃんが継いだけれど、おじいちゃんの時代から出入りしていた製薬会社の若手社員と、半分、見合いみたいな出会い方で結婚しているし、ヒッピーまでやっていた志桜里さんのＤＮＡはどこへ行ったのだろうという気もする。

　母はいつのまにか隣に戻ってきて、「珠緒ちゃん」と志桜里さんの字で書かれた、黒い布表紙の正方形のアルバムを見せる。赤ちゃんのときから高校三年生まで。１、２、３、４と四巻もある。志桜里さんはまめで器用な人なので、キャプションを添えたり、人物を切り抜いて背景に絵を描いたり、おばあちゃんの手紙から印象的な表現を拾って書き込んだりしていた。

「華やかなアルバムだね」

　と、わたしは思わずつぶやいた。運動会でもお遊戯会でも、ひたすら「珠緒ちゃん」が目立つように演出してあるので、なんだか大スターのようである。

「おばあちゃんは作っとらんからね、こういうの。敏郎のはないよ」

　いちばん最後のページに、志桜里さんと澄江おばあちゃんが登場する。二人で赤ん坊を抱いているのだ。家の中で、しかも、大久保莞爾院長のものらしい指が、ぼおっと片隅を消しているので、お世辞にもいい写真とは言えない。それに、ただただぶっきらぼうに四角い写真で演出もない。だいたい、赤ん坊の写真なのだから、最初にあるべきだ。なんだか場違いな感じが否めない。

「ああ、それは後で、わたしが貼った」

と、母は言った。

「どこで見つけたの？」

「家に戻ってから、おばあちゃんを問い詰めて。隠しとった。隠すことはないでしょうに」

母はちょっぴり唇を突き出し、不満げな顔をした。

「だけど、全部隠すことにして十八年間の月日が流れたわけだから、そりゃ、隠すんじゃない？　おばあちゃんとしては」

ふん、と、母は鼻を鳴らし、それからまた、一九九三年四月のその日のことを話しだした。

澄江おばあちゃんと志桜里さんはしっかと抱擁を交わし、珠緒をうながして家に入った。茶の間には、黒い四角いアルバムが出してあって、珠緒はそれを手に取って驚きながら眺めた。東京で、知らない女性が、そんなアルバムを作っているなんて。

澄江おばあちゃんはとつとつと、志桜里さんとの関係を娘に語った。大学時代からの友人で、その大学はこの近くにある女子大で。ところが、肝心の「事件」については、「なんなん」から先に一向に進まない。そして、ときどき険しい目つきで友人の志桜里さんを見る。二人の間では、「志桜里から話す」ということになっていたのだ。

「わたし、話を聞いたとたんにね、あらまあ、澄江おばあちゃんの娘でよかったと思ったよ。こっちのおばさんの娘として育つのはたいへんだろうと思って」

「たいへん？」

「うん。わたしね、あのとき、自分で、わたしはあくまで澄江さんの娘って決めたの。わたしの母親はこっちって。選んだの。あのとき」

「ほーお」

母親を選ぶ、とはまた、あまりあり得ないシチュエーションだ。

それに、母・珠緒は、どっちか選べと言われたわけではない。

母はそのとき、志桜里さんにこう言われたそうだ。

「これから話すことは、珠緒ちゃんを驚かせることになると思うけど、知っておいてほしいのは、大久保先生と澄ちゃんが珠緒ちゃんのことを世界でいちばん愛していて、だいじにだいじに育ててくれたってことと、わたし、今日、初めて珠緒ちゃんに会ったわけじゃないのってことと、そうね、珠緒ちゃんの人生だから、ぜんぶ知っておいてもらおうって、大久保先生も澄ちゃんもわたしも思ったから今日があるってことで」

わたしの人生？

珠緒は聞きとがめる。

珠緒ちゃんの人生だから、ぜんぶ知っておく？

一九七四年の暮れ近くに、大久保澄江は重大な決断をした。

久世志桜里の長い手紙をもらってから、三日三晩、悩み抜いてのことだった。

手紙には、サンフランシスコで知り合ったアメリカ人と結婚したこと、その彼といっしょに沖縄に行ったこと、別れたこと、その彼が母国へ帰って行ったこと、ついて行くという選択肢は自分の中になかったこと、じつは離婚を決意し、日本で職に就くために図書館司書の資格を取ろうと考え始めた矢先に妊娠がわかったことなどがつづられていた。宿った命だから産みたいという気持ちはある、ただ、そうなると、勉強はあきらめて子どもを養うための仕事に就かなければならないだろう。いままでさんざん好きなことをしてきているので、実家のサポートは期待できない。

もう一つの問題は子どもの国籍だ、と、手紙にはあった。

父親がアメリカ人なので日本国籍が取れない（母親が日本人なら子どもも日本国籍が取れるように法改正されたのは、このときから十年もあとのことなのだ）。

米国籍は取れるはずだが、自称報道カメラマンで放浪癖のある彼が、いまどこにいるかもわからない。共通の知人がいるので探すことは可能だとは思うが、時間がかかる。その間にもおなかは大きくなる。それに探して、手続きをして、子どもの米国籍を取ったとしても、育てるのは日本だというのもややこしい話だ。いっそ、また自分が渡米してアメリカで生きようか、とも考えるけれど、別れた男をいまさら人生のパートナーとしては考えられないし、異国で離婚してシングルマザーになるというのも、生半可なことではないだろうと思うと二の足を踏む。人工妊娠中絶という選択肢も頭をよぎらないわけではない。ただ、手術には父親の合意が必要で、いまの状態ではそれを取るのも難しい。八方ふさがりの中で、小さな命は日々育っていく。産みたい気持ちは募る――。

　大久保澄江は東京の友人に会いに行くと夫に言い置いて、家を出た。北陸本線で直江津に出て、夜行に乗った。上野には朝ひどく早くついてしまい、健脚の澄江はそこから小日向まで歩いた。歩きながら、友人に言うべきことを頭の中で整理した。

　澄江は大学を卒業してすぐに、大久保莞爾のもとに嫁いだ。莞爾は澄江よりも七つ年上で、父親とともに大久保病院で働いていた。結婚して六年が過ぎようとしていたが、二人の間に子どもはなかったので、澄江は悩んでいた。

　生涯でいちばん大きな決心だった。澄江は志桜里を説得して、赤ん坊を譲り受けようと決意したのだった。

　決断までに三日もかかってしまったのが、澄江はつらかった。志桜里の手紙には、産みたいと書いてあったが、悩んでいるうちに産まないことを選択してしまうかもしれないと思うと、上野から小日向までの道が遠く、あの山あり谷ありの行程を、半分走るようにして向かうことになった。

　小日向台町のあの家の玄関で、志桜里は真っ赤な顔をして息を切らしている澄江を出迎えた。事前の知らせもなく急にあらわれた友人に、とにかく家に上がるようにと志桜里は言ったが、友人は小さい目に力を入れて、ここでは話せないという身振りをする。

　そこで二人は家を出て、坂を下り、茗荷谷の駅を通って彼女たちがかつて通ったキャンパスへ向かった。裸木になった銀杏の木の下のベンチで、二人は話し始めた。

「えっとのう」

と、澄江は言った。

手紙を読んで駆けつけてくれたのがわかったから、志桜里はうれしかった。親友が口下手なのは知っていたし、どういう言葉をかけたらいいのかわからない内容だろうとも思ったので、「えっとのう」の先は、あまり期待していなかった。ただ、隣にいて、肩を抱いてくれるだけで、そのために夜行列車に乗って、来てくれたのがうれしかった。

「えっとのう」

と、また澄江は言った。

「なあに？」

志桜里は流れで口にしてみた。答えはわかっていた。「なんなん」である。あるいは「なーん」である。言い出して、いやいや、なんでもないと否定するのは、親友の癖だった。

しかし、澄江は「なんなん」と言わなかった。志桜里は不審にも思わず、彼女の手を握って、こう言った。

「いいの。わかってる。ありがとう。澄ちゃん、ありがとう」

澄江はそれには答えず、

「えっとのう」

と、繰り返した。

そこで志桜里も、親友にはなにかほんとうに話したいことがあるのだなと気づいた。限りない数の「えっとのう」を経て、とうとう澄江は決意を語った。

志桜里は驚愕した。

それから二人は、銀杏の木の下で手を握り合って、泣いた。

澄江は志桜里の家に泊まり、夫に手紙を書いた。

「これから書くことは、わたしの一生のお願いです。承諾していただけなければ、わたしは家に戻りません」

と始まる長い長い手紙は、その後、澄江自身の手で焼かれることになる。

手紙には、子どもを大久保家の養子にし、育てていきたいことと、子どもが無国籍になるか米国籍になるかのどちらかなので、その手続きについていっしょに考えてほしいことが書き連ねてあった。

驚いたのは、大久保病院の若き莞爾医師である。

しかし、ほどなく澄江は夫からの、一通の電報を受け取った。

「イサイショウチ　スグカエレ」

澄江はおそるおそる、夫に電話をかけた。名前通り、にこにこしたやさしい夫ではあったが、さすがになにも言わずに家を出て一方的な手紙を送りつけた妻としては、電報を信じて「スグカエル」のは怖かったのだった。

「心配するな。俺に考えがある」

と、電話の向こうの夫は言った。

東京の女二人は、黒いコードにくっついた受話器を、お互いの頭で挟むような格好で、大久保莞爾の「考え」を聞いた。

父親の跡を継ぐべく産婦人科医となった大久保莞爾にも、思うところはあった。妻との間に子どもができないことを悩んでもいたし、愛し合った夫婦に子ができない一方で、若い母親が産むのを躊躇する場面にも出会ってきた。夫としても父としても医師としても、幼い命を救いたいと思ったばかりか、かくなる上は、子どもを実子として届け出ようと、莞爾は決意していたのだった。

「志桜里さんは安定期に入ったら、こちらに来てください。わたしの叔母が寡婦になって、奥まったところに一人で暮らしている。よく事情を話しておくので、臨月まではそこにいたらいい。産むのはここで。わたしが取り上げましょう。出生証明書もなんとかします」

一方、大久保病院の若奥様であるところの澄江は、それから数日後に夫と義父の働く産婦人科の待合室に、シレッと座ることになる。ふんわりした服やぺたんこの靴を身に着け、念のために出産月のひと月ほど前からはほとんど人前に姿を見せなくなり、妊娠中毒症だという噂も流した。

そして出産予定日の二日前に陣痛を覚えた妊婦・志桜里は、莞爾の叔母の車で速やかに病院に運ばれた。珠緒が生まれたのは翌朝である。

このとき、莞爾はこっそりと、二人の母親に抱かれた珠緒の写真を撮った。志桜里とアメリカ人の夫の離婚が成立したのは、それから三年後のことだった。

「それで、聞かされたあと、どう思った？」

「そりゃ、びっくりしたけど。なんだろう。そうねえ。知らなきゃよかったとまでは、思わなかったけど、自分の人生にあるまじき劇的要素だとは思った」

「あるまじき？」

「だって、顔やなんかもふつうだし、学校の成績もあんたやおばあちゃんみたいによくはないし、平凡だけが取り柄だと思って生きとったからねえ」

「ま、そういえばそうだね」

と、うっかり相槌を打ってしまったのは、衝撃の「大久保病院事件」を知らされた後でも、母が淡々と「平凡だけが」みたいな人生を続けたことに、かえって、この人の強さのようなものを感じてしまったからなのだった。

「さてと」

と、母は洗濯物を抱えて立ち上がった。

「もうそろそろ、魚屋さんに行かなくちゃ」

商店街にはおばあちゃんのころから懇意にしている魚屋さんがあって、キトキトを適当に見つくろってお刺身にしてと頼んでおくと、最高の盛り合わせが夕方には出来上がっている。しかもとても安いのだ。こればっかりは、東京ではぜったいに味わえない、北陸の贅沢だと思う。

「わたしもいっしょに行く」

小さいころから、魚屋に行くのは好きだったのだ。

「あら、あんたも行く？　じゃ、少し早く出て、海を回って行くか」

うん、うん、うん、と、わたしはうなずき、二人で支度して出かけることにした。

母は海岸通りに車を回し、駐車スペースに停め、わたしたちは車を降りた。

春の一時期と冬には、富山湾には蜃気楼《しんきろう》が浮かぶ。ここはそれを眺めるのに絶好の場所なので、蜃気楼ロードという名前がついている。

高校生のころは、学校帰りにしょっちゅう友だちと海岸まで歩いて、そのまま日が沈むまで話し込んだものだった。学校から歩いて十五分くらいで、そこから家に帰ると三十分くらい。ちょうどいい散歩コースだった。

わたしは堤防に刻まれた小さな階段を駆け上がり、久々の富山湾を眺めた。夕日が沈む光景を眺めるのはとくに好きだったけれど、夏の夕刻は日がまだ高く、明るくて、それはそれで懐かしい。

「あんた、志桜里さんとはうまくやってる？」

母が海を見たまま訊ねた。

「やってるよー。仲良くやってるよー。志桜里さんは干渉しないし、ごはんもおいしい。友だちもけっこう志桜里さんにはなついてるもん」

「そうなんだ。余計なことを言ってきたり、しないんだ？」

「だって、元ヒッピーだよ。自由放任っていうか。まあ、わたしは放任されたからって、めちゃくちゃやるタイプじゃないから、お母さんも心配しないで」

「心配はしとらんけど、ちょっと意外だね」

「え？　志桜里さん、昔は違ったの？」

「あの人も、丸くなったか」

わたしは思わず、大きく振り返って母を見た。

丸く、なる？

わたしの知っている志桜里さんは、丸いという形容詞からは遠かったが、いずれにしても我が道を行く人で、澄江おばあちゃんとは別の意味で「達観」とか「超越」とかを感じさせるのだったが、母の記憶の中では、そうではないのか？

「苦手だった、志桜里さん」

ぽつん、と、母は口に出した。

「へ？　そうなの？」

わたしは階段をとことこ降りて、母の隣に戻った。

「なんだか威圧感あるし、ふつうじゃいけない、みたいなところが、うっとうしかった」

ほへー、と、わたしは変な相槌を打った。

ふつうじゃ、いけない？

「個性的でおもしろい人なのは認めるけど、誰もがそんなじゃないでしょう。わたしはぱっとしない、どこにでもいる短大生だったから、つまらない子だと思われてる気がして、志桜里さんのことは重荷だったね」

「重荷、とまで」

「若かったし、自分に自信がなかったのに、志桜里さんみたいな押し出しのいい人が出てきて産みの親だとか言われると、似とらんで、悪かったちゃ、という気になった」

「そんなこと考えてたの？」

「志桜里さんも歯がゆかったんじゃないかと思うよ。はきはきしないし、あんまり何も考えとらんし。よくねえ、あなたの意見はどこにあるの？　とか言うのよ、志桜里さんが」

「え？　そんなことを？」

「あなたの思想的背景がわからない、とか」

「思想的背景？」

「そんなん、わたしだってわからん」

「そりゃあ、わかんないね」

「あんたは、そういうことは聞かれない？」

「志桜里さんから？　聞かれたことない」

「学んだんだわ、志桜里さん。わたしで懲《こ》りたんだよ、きっと」

母はぷふっと笑った。

「じゃあ、二年間、ずっとそんな調子で？　そりゃ、うっとうしいね」

「ずっと、というわけでもない。志桜里さんも遠慮があるから。だけど、時々、焼酎とか飲みだして、なになについて、珠緒ちゃん、あなたはどう思う？　みたいな」

「あれあれ、そんなだったんだ、志桜里さん」

「そんなだったよ。一度、ものすごく思いつめたみたいに、珠緒ちゃんが会いたいなら、アメリカにいる別れた夫に連絡を取ると言われたこともあった」

「取ったの？　連絡」

「ううん。取らないでと、わたしが言ったから。これ以上ややこしいのは勘弁してほしいからね。志桜里さんだけでもう十分だし」

「劇的要素がね？」

「そう、劇的要素。この上、言葉も通じん生物学的父親なんて、出て来られてもねえ」

「そういう考え方も、あるんだね」

「どう？　あんただったら、会ってみる？」

「かも。なんかちょっと、おもしろいから。好奇心で」

「あんた、わたしよりうまが合うわ、志桜里さんと。東京で就職しないで、富山に帰ってしまうのも不満だったみたい」

「不満って言ったって、そんなの本人の決めることでしょうに。えー、なんか意外。志桜里さん、もっと自由でおおらかな人だと思ってた」

「本人は自由でおおらかだと思うよ。だから、わたしにもそうであってほしかったんじゃないの？　窮屈な田舎に帰って、親のコネで地元の企業に就職して、そこで出会った人とすぐ結婚するようなのは、不自由極まりないと思ったんだろうね」

「お母さん、たしかに、志桜里さんとはうまが合わないね」

「そう。合わないの。よわったよ、ほんとに」

そう言いつつ、母はころころ笑い、さあ魚屋さんに行こうと、わたしを促す。

わたしは青い空を映して広がる海から離れがたく、もう一度階段を小走りに上って、堤防に腰をかける。

「待って。もうちょっと。お母さんも来て」

えー、行くのー？　とか言いながら、母・珠緒は階段を上ってくる。

母と二人で海を眺めるなんて、やったことがあっただろうか。小さいころは海水浴場に連れて行ってもらったし、この海岸通りを車で通ることもあったけれど、大人になってから二人になる機会がそんなにないし、高校生同士みたいに足をぶらぶらさせながら堤防に座るのも、たぶん初めてだった。

「でも、お母さん、志桜里さんと仲良しに見えたよ、四月に会ったとき」

「もう、何年も経っとるからね」

なんでもないことのように、母は言う。

そんな母の横顔を、わたしは見る。

たしかに母は、とくべつに目立ったところのない人なのかもしれない。でも、自分で言うほどつまらない人ではない、と、娘のわたしはいまさらながら思う。そんなこと、あまり考えたことはなかったが、母はつまらない人では、けっしてない。

サラリーマンと結婚して、わたしを産み、育てた。家事と育児をそつなくこなし、わたしが中学を卒業すると、大久保病院の付属の乳児院の、事務職の仕事を始めた。自分からやろうと思ったわけではなくて、弟の敏郎叔父さんに頼まれてやっているのだけれど、そして本人は、とくに赤ちゃん好きでもなんでもなく、代わりがいればいつでも辞めると言いながら、いつのまにか、珠緒先生がいないとなにもわからない、とかいうことになっている。

自分の母親が平凡かどうかなんて考えないで生きてきたが、もしかして、この人は「平凡」を意志的に選び取ったのかも、という気がしてきた。

志桜里さんではなく、澄江おばあちゃんを、自分の母親として意志的に選び取ることも含めて。

「反抗期がなかったからね、わたし。澄江おばあちゃんに反抗しても暖簾《のれん》に腕押しだし。だから、もしかしたら、反抗対象が志桜里さんだったのかもしれないな」

母は立ち上がり、ほら、そろそろ魚屋さんに行かなくちゃ、と言った。

そこで、わたしも堤防の上に立ち上がってくるりと後ろを向き、立山連峰が青く連なるのを眺めた。

車の中で、母は不思議な話をした。

東京の坂の思い出だった。

それはもちろん、志桜里さんの「坂」コレクションと繋がる話なのだが、母からはあまり聞かない種類の話だった。誰からも、そう、聞く話でもないだろうが、一方で、よく知っている話のようにも思ったのだった。

一九九三年の夏、珠緒はアルバイト先で別の大学に通う女子大生と友だちになった。そのころは、どこにでもあった「カメラ屋さん」なるもので、そこでよく売れていたのは緑色に包装された簡易カメラだった。そこでの仕事は、その簡易カメラを売ることと、撮影済みのものをカメラごと引き取って業者にプリントに回すための伝票を書いて代金を貰い、お客さんに引き換え票を渡すこと、プリント済の写真を取りにきたお客さんにできあがったものを引き換え票と交換して渡すことだった。簡易カメラではなく、フィルムを持ってくる人もいた。

もう、あんな仕事ないね、と母・珠緒は言う。

バイト先で知り合った彼女は人懐こくて明るい美人さんで、その夏、富山に遊びにやってきて、二人で立山黒部アルペンルートをトレッキングしたこともあるという。

ところが、その翌年の冬に、ふつっと彼女の消息が途絶えた。

しばらくたって、彼女から手紙が届いた。大学は退学して、故郷の青森に戻ったという。

「その子には、とても尊敬している大学の先生がいたんだけど、研究室でクリスマス会をするからって言われて、行ったら彼女しか呼ばれてなかったと」

わたしはギョッとして運転中の母の顔を見る。

そうだ、というように、母は何度もうなずいた。

「あんたの想像してるとおりのことが起こった。いまだったら、裁判になったりするかね。いまでも、誰にも言わないで泣き寝入りする子もいるだろうね。とにかく、わたしはショックで、一晩中、泣いてた」

わたしはそっと、母の左腕を触った。そのときの母はもちろん、泣いてはいなかったのだけれど。

「志桜里さんはものすごく心配してね。なにがあった、なにがあったってしつこく聞いて。とうとう、事情を聞きだした。それから志桜里さんは怒って、怒って、怒って、わたしたちは二人して朝まで飲んで、怒り倒した。そのときだったか、また別のときだったかは覚えていないんだけど、志桜里さんから坂の話を聞いたの」

「どこの坂？」

「それは、忘れちゃった」

「名前は？」

「鼠坂。誰だっけ。有名な作家の。夏目漱石じゃなくて、もう一人のほう」

「もう一人、とは？」

ど読まない。

「そう。あんた、よく知ってるね」

母は真顔で驚いた。この人は志桜里さんと違って、漫画やエッセイ集以外の本をほとん

「森鷗外《もりおうがい》?」

「舞姫、とか」

「森鷗外がどうしたの?」

「坂の途中の邸跡に新しい家が建つ、というのが話の始まりよ。短編でね」

「鷗外の短編で、坂の話なのね」

「そう、鼠坂」

「で、どこにある坂なのかは忘れた、と。たしかに、志桜里さんとは気が合わなさそう」

「でもね、この坂の話をして以降、わたしは志桜里さんが好きになった」

ほほう、と、わたしはおとなしく母の話を聞くことにした。

邸跡に建った立派な家では酒席がもたれていて、家の主のほかに、新聞記者と通訳がいる。戦争の話をしていて旅順という地名が出るのだから、日露戦争が背景にある。あくどいことをしてひと財産作った自慢話などをしている。

そのうち、話は新聞記者の体験談になった。昔、本人から聞きだしたものを家の主が思い出して再構成し、通訳に語ってきかせているのだが、かなりひどい話だ。

新聞記者は満州の小さな村に駐屯していた。たいていの家からは人が避難していて、現

地の人はほとんどいないはずだった。ところが隣家から物音がする。夜中に起きて不思議に思って、石垣の向こうの家に侵入してみると、そこに女が隠れていた。新聞記者は、その若い女を思いのままにし、そして顔を見られたのがこわくなって、手にかけた。

立派な家で酒席がもたれたのは、ちょうどその女が死んで六年後の祥月命日、七回忌の日だった。新聞記者は、屋敷の奥の部屋に案内されて、そこで女の霊を見る。翌朝になって、その家には医者や警察があわただしく出入りし、新聞記者が「脳溢血」で死亡したことがわかる、というストーリーだと、母は語った。

「それは、お母さん、戦時性暴力の話だね」

「うん。そう。戦時性暴力の話」

「日露戦争の時代にそんなことがあったの？」

「あったんだろうね。鷗外は軍人だから、いろんなことを見聞きしたんだろうって、志桜里さんは言っとったよ」

「しかも、その強姦男は殺されるんだよね。これは復讐《ふくしゅう》の話だよね」

「復讐というか、因果応報」

「すごい話だね」

「怖い、暗い、いやあな話だけど、ちょっとスカッとしない？」

母は前を向いて運転しながら、くちびるを少し尖らせて顎を上げた。

「目には目を、だよね」

「そう。歯には歯を、だよ」

魚屋さんに着いて、わたしたちは車を降り、用意しておいてもらったお刺身の盛り合わせと、新鮮な赤いかを買った。久しぶりだねと魚屋さんに声をかけられた。この子はいま、東京の大学に行ってて、と母が笑った。

青森に帰って行った母の友だちのことを思って、志桜里さんがどんなふうに怒ったか、飲んで毒づいたか、そしてそれがどんなふうにズレて坂の話になり、どんなふうに志桜里さんがページの角を折った文庫本を片手にその因果応報を力説したか、わたしには目に浮かぶようだった。

そして母はその一件以来、志桜里さんが「好き」になったのだった。

「苦手はあんまり変わらんけどね、いまも。でも、まあ、好きになれてよかったわ。あんたも仲良くやっとるなら、それはいちばん安心」

家に着くまでの車の中で、母はそう言って笑った。

東京に帰ったら、鼠坂を歩いてみようと、わたしはそのとき考えていた。

坂の中の町

後期が始まって以来、エイフクさんとは冷戦状態が続いていた。

夏休みに台湾に行ったあと、一度は東京に戻って来たのだが、そのあとでまた行ってしまって、そして彼は戻って来ない。後期から、台北のZ大学に留学しているのだ。とりあえず一年はいるらしい。そのままM大は中退し、研究者を目指して向こうで大学院に行くとかいう話も出ている。

そんなの聞いてない。

「言った」

と、エイフクさんは言い張る。

「きみに会った五月の時点ではすでに、大枠としては決まってたことで」

そう言いつつ、なんとなく語尾をもごもごさせるエイフクさんは、ずっとオンラインの、スマホやPCの画面の中にいる。

「聞いてない。文学部に転部しようかな、とか言ってたのは覚えてるけど、それが台湾の大学だなんて知らなかった」

「夏に行く前に、手続きのことはちらっと触れたはずだ」

「ちらっとというのがわかんない。なんでちらっとなの。もっときちんと話すべきことがらでしょう」

「でも、もう決めたことに、あれこれ言われても」

「あれこれ言うかどうかなんて、話してみなきゃ、わかんないじゃない。わたしがあれこれ言うと思ったわけね。それでちらっとでごまかした、と」

「そういう挑発的な言い方はしないでよ。ぼくとしては、言うべき時に言うべきことは言ったけれども、きみはとくに反応しなかったし」

「ちらっとだったので、鈍感なわたしは気づかなかったってわけね」

「自分を卑下《ひげ》するのもよくない」

「卑下じゃないの。これは皮肉」

「皮肉なんて、真智さんには似合わないよ」

「似合うか似合わないかは、皮肉を言うときに重要じゃないでしょう。似合わないから挨拶しないとか、似合わないから値段を聞かないとか、そういうのは変でしょう」

エイフクさんはこともあろうにスマホ画面の中で大あくびをした。

「あ、ごめん。昨日は徹夜でゼミ発表のためのレジュメ作ってて、午前中はゼミでしょう、それから講義二つあって、バイトで。昼寝の時間がなかったんだよ」

「眠いのね」

「言い方にとげがある」

「寝れば？　遅いし」

「寝る」

　通話終了。なんという不毛な会話。

　お互いにもう少し気を遣い、何があったかを報告しあって無難に終えるときもあるのだけれども、ひんやりした終わり方をしてしまう日も多く、このままフェイドアウトしていくのかなあと、うつうつした日々を送ることになった十月、十一月であった。ところが十二月も半ばを過ぎて、唐突に、エイフクさんはクリスマスにこっちにやってくると宣言した。さすがに危機感を覚えたに違いない。

　台湾に来ないかと誘われたのだけれども、年末年始は富山に帰らないと両親が納得しないし、暮れも押し迫ると帰省ラッシュにひっかかるから、クリスマス明けには東京を離れると言ったら、じゃあ、その前に会おうと、珍しくエイフクさんが積極的である。

　富山に帰らなければならないのは、従姉の結婚式があるからというのも大きな理由で、台湾に行きたくなかったわけではない。ほんとうに諸般の事情で暮れとお正月は無理だったし、春休みに長めに行ければそのほうが楽しそうだと考えたのだが、エイフクさんの態度を見ていると、これはひょっとして、わたしが、巧《たく》まずして駆け引きの勝者になったようなパターンではないだろうか。巧まずして。

「巧まずして」というのは、もちろん、よしんばが使っていたから覚えた言葉である。血よりも水の濃い、おばあちゃんゆずりの朴訥《ぼくとつ》な母などは、恋愛における駆け引きなんてものは「我が辞書にあらず」という感じだし、ありとあらゆることにダイレクトな志桜里さんだって、そんなものはまだるっこしいと思うタイプに違いない。友だちも、よしんばとか、めちゃくちゃ嫉妬深い泉さんとかである。つまり、わたし自身、そういうものを学ぶ環境にはまったくなく、「巧む」ことなどできようがないのだが、わたしが引いたとたんにエイフクさんが押して来た感じは否めない。

これか。これが噂に聞く、駆け引きってやつか！

しかも、台湾の大学にはクリスマス休暇はないのだそうで、エイフクさんはあんなに熱心に通っている大学の講義をちょっとだけ休んで、二十四日の昼頃東京にやってきて、二十五日の夜の便でとんぼ返りするという。つまり、わたしのために、わたしと会うためだけに、来るってことか！

厳密に言えば、仕事でしょっちゅう日台間を行き来しているお父さんから家族マイルを都合してもらったとか、ゼミのために必要な本が日本じゃないと手に入らないとか、そういう事情はあったらしいのだが、無料のマイルをたった二日の滞在のために使うエイフクさんの決断を、わたしは買いたい。

必要な本を大学と古書店街で見つけなければならないエイフクさんは、とにかく東京に着いたらまっさきに神田神保町界隈を目指すらしい。エイフクさんがやってくるとは想定外だったわたしも、大学からそれほど遠くない場所にある洋菓子店でクリスマスケーキを売るバイトを入れてしまっていた。それを早めに切り上げさせてもらい、エイフクさんも午後の早めの時間、集中して文献探しに励み、夕方四時に東京ドームシティで会うことにした。

近場といえば近場だが、雰囲気はいかにもという感じだ。暮れていく街とイルミネーションを見ながら、遊園地でちょっとしたアトラクションを楽しみ、ふだんはいかない高級スーパーでフライドチキンとかワインとか、それらしい食べ物を買い込んで、エイフクさんが予約したホテルの部屋から夜景を眺めたり、プレゼント交換したり、カラオケしたりするのだ。

そういう目標があると、人間、気合が入る。わたしは午後の三時過ぎに個人目標数を売り上げ、前の日の売れ残りケーキをご褒美としていただいた。小日向の家に戻ってメイクを直し、スカートに穿きかえて、ケーキの箱を抱えて外に出る。志桜里さんがうらやましそうに箱に目をやっていたけれども、今日は友だちと朝まで遊ぶ予定なので家には戻りません、と言って出かけ、まずはホテルのレセプションでケーキを「冷蔵庫に入れておいてください」と交渉する。

早めに待ち合わせ場所に着くと、スマホが振動した。エイフクさんからだ。

「もう着いてるよー」

上機嫌でそう応答すると、エイフクさんが、

「ぼくも」

と答えた。

そこまでは予想通りの展開で、これからわたしたちは、ふわふわに泡立ったミルクの乗ったあたたかいカフェオレとか、クリスマスマーケットで売られているフルーツ入りのホットワインとかを手にして、日の落ちかかった遊園地を闊歩《かっぽ》し、イルミネーションに灯りがつく瞬間を寄り添って眺めたりする。

はずだった。

そこに、鞄のおじさんがあらわれなければ。

というか、エイフクさんが、鞄のおじさんとともにあらわれなければ。

「いま、どのへん？」

エイフクさんがそう尋ねた。

「野球殿堂博物館の前」

「階段を上がったところだよね？」

「まあ、そうね、そう。エイフクさんは？」

「下に降りてきてくれる？　ちょっとそっちに行けなくて」

わかりやすいから待ち合わせは野球殿堂博物館前にしようと言ったのはエイフクさんなのに、ヘンなことを言うね、と思ったが、とにかく階段を降りることにした。その階段あたりこそ、ぱっと美しいイルミネーションがつくはずのエリアなので、二人で並んで降りて自撮りなどしたいものだけれども、たかが階段なので、二人で並んで上がったってべつに違いはない。そんなことを考えながら、まあまあ軽い足取りで降りていくと、エイフクさんの隣には、チャコールグレーのウールのコートを着て黒縁の眼鏡をかけた、もしゃもしゃ頭の中年男性が立っていて、ひどく大きなひしゃげた鞄を、奥様方が小ぶりのバッグを持つときみたいに両手持ちしているのだった。

「ひさしぶり！」

そう言って、エイフクさんは右手を挙げた。

わたしも、エイフクさんの隣にいる鞄のおじさんに遠慮して、駆け寄ることすらせずに、「ひさしぶり！」

と、右手を挙げてみせた。

「上に行こうと思ったんだけど、この方に会っちゃって」

エイフクさんはもごもご説明を始めた。

「この方が、鞄が重くて登れないって言うんだよ。行きたいところがあるんだけど、どうにもこうにも鞄が重くて、階段とか上り坂だと持って歩くのが無理なので、平坦な道だけ使って行くにはどうしたらいいかって聞かれてね。いっしょに考えてたんだ」

言っていることの意味がよくわからなくて戸惑ったが、エイフクさんは水道橋方面から後楽園に向かう途中で、この鞄のおじさんに出くわしてしまったという。あまりに大きな鞄を引きずるようにして歩いているので、見るともなく見てしまい、ついには話しかけられた。行きたい場所があるという。それがまた、なんと、「切支丹坂の上」だというのだ。

「切支丹坂の上っていうと、うちのあたり?」

「そうなんだよ。どう考えても、真智さんの住んでる界隈でしょう。それで、つい反応してしまって。そうしたら、平坦な道だけをたどってそこに行くために知恵を貸してほしいと言われてね。考えたんだが、思いつかない」

「どうして平坦な道じゃないとだめなの」

「この鞄のせいでしてね」

そう言って、いったん鞄を地面に置くと、おじさんは眼鏡を神経質にかけ直して続けた。

「わたしの体力とのバランスがよいというか、ただ歩いているだけなら問題はないんですが、ちょっとでも急な坂や階段に差し掛かると、とたんに持ち重りがしましてね。おかげで歩ける道がおのずから制約されてしまう。鞄の重さが行く道を決めてしまうんですよ」

おじさんはコートの下にタートルネックのセーターを着ていた。ズボンもフラノか何かで、全体にあたたかそうな冬支度だったのに、どことなく寒々しい感じを漂わせていた。わたしはおじさんの話を、どこかで聞いたことがあるような気がしたが、どこでだったかは思い出せなかった。

「しかし、もう、鞄にふりまわされるのはこりごりです。ともかく行かなければならないんですから、そうなるとなんとかして歩ける道を探してたどり着かねばならない。平坦な道を選ぶ必要があるんです」

おじさんはきっぱりと言った。

「タクシーに乗ったら？」

口に出してみて、われながらいい考えだと思った。ここからなら、ひょっとしたらワンメーターで行く距離なのでは。しかし、眼鏡の縁を光らせておじさんはそれを拒否した。

「残念ながらその選択肢はありえません。いま、わたしには金がないのですからね」

五百円くらいなら、貸せなくもない。あるいは返してもらえなかったとしても、今日はクリスマス、ほんらいは、隣人と分かち合うべき日では。そんな思いが頭をよぎったのだが、エイフクさんはエイフクさんで、

「わかりました。地下鉄には乗れそうですか？」

などと、妙な質問をしている。

「やってみましょう。ここにまだ、三百円くらいなら入っているはずです」

鞄のおじさんはコートのポケットから交通系ＩＣカードを取り出した。

「地下鉄で、どこ行くの？」

わたしは素朴な疑問に駆られて、そう口にした。

「とりあえず、茗荷谷まで一駅乗ってさ。そうすれば少なくともかなり近づく。目的地まで行けば、お知り合いの方がいらっしゃるんでしたね」

「そうです。たしかにあそこです」

自信満々におじさんが言う。

「待ってよ。あそこはどっから行くにしても坂を上らないわけにいかない。どんな迂回路を取っても、かならず坂道、しかも上り坂だよ」

「ぼくに考えがある」

「エイフクさんに？」

わたしは内心、ムッとした。なにやらエイフクさんは、どうしても鞄のおじさんを目的地まで連れて行かなければならないと思い込んでいるようだ。見ず知らずの、通りすがりのおじさんを。それではわたしたちのクリスマス計画は。イルミネーションはどうなるのか。遊園地のアトラクションは。

「だって、この人を、この場所に置いて立ち去れる？」

わたしの険しい表情を見て、エイフクさんは言い訳を始めた。

「ご案内してあげよう。だって、きみの家のあたりなんだし。そんなに時間もかからないよ。ちょっと手伝ってあげて、すぐ引き返せば、イルミネーションの灯った時刻に戻れる」

それもそうね。四時という中途半端な時間に待ち合わせを設定したのを、ちょっと悔やまなくもなかったが、すっかり火がついたエイフクさんの親切心が鎮火するのを待つよりも、さっさと済ませてしまったほうがいいような気がしてきたのも確かだった。

ところが、この鞄のおじさんを、地下鉄に乗せるのが一苦労だった。

なにしろ上り坂と階段をかたくなに拒否しているので、最短距離で駅に向かうことができず、いったんドームシティを出なければならない。そうして大きな道路の脇の歩道を進み、横断歩道を渡って、ようやく後楽園駅にたどり着いたところで、おじさんが、

「階段があります」

と、憮然《ぶぜん》とした表情で訴えてきた。

そりゃ、あるけどちょっとだよ。

「ここは二人でなんとかなりませんかね」

エイフクさんが手を貸そうとしても、おじさんは首を横に振り、

「これはあくまで自発的にやっていることです。やめようと思えばいつでもやめられる。強制されてこんな馬鹿なことが出来るものですか」

「あ、やめられるんだ」

「だからこそ、自分で持たなければならないんです。他人といっしょに持つなんて、そんな、あり得ない仮説を立ててみてもはじまらん」

「あり得ないってことはないのでは？」

「この鞄のことは、誰よりもわたしが一番よく知っています」

そう言うと、おじさんは大きな鞄を両手持ちしたまま、だいじそうに体に引き付けた。

わたしは、この人は少しメンタルに問題があるのではないだろうかと感じ、エイフクさんに目で訴えたが、彼はおじさんを地下鉄に乗せることしか考えていなかった。

「だいじょうぶだよ。もう一度横断歩道を渡って、商業施設のほうのエスカレーターに乗

ろう。エスカレーターは乗れますか？」

「それは、だいじょうぶです」

「そして二階の改札口から入ればいい。地下鉄が二階にあるって便利だな」

エイフクさんは得意そうに言ったが、それはまったく本質を取り違えている。地下鉄が空中にあるのが便利なのではなく、エスカレーターがあることが便利なのである。

そうこうして、わたしたちは無事におじさんを地下鉄に乗せて茗荷谷駅にたどり着き、もちろんエスカレーターで地上に出た。駅から小日向方面へは下り坂なので、鞄のおじさんは調子よくついてきたが、拓大前の茗荷畑あたりで谷底となり、そこからは上り坂だ。迂回路を取っても、結局、どこからでも上らなければたどり着けない。その特徴的な地形が、志桜里さんお気に入りの「坂の町」を作っているのだから。

「考えがあるって言ったのはね、真智さん、きみの家に自転車があったよね？」

「自転車？」

「地下鉄に乗れるということは、乗り物に乗れば重力の影響を受けずに鞄を運べるということじゃないの？」

「そうなんですか？」

「さあ」

と、おじさんは首を傾げる。

「だって、さっき、地下鉄の中では、鞄を床に置いていたじゃないですか」

エイフクさんも、妙なところを見逃さない。

「手を離すことはできるんだ。手を離して床に置くことはね。ただ、自転車だとどうだろう。この大きさだと籠には入らないし、背中にでも背負って乗るとしても、やはり重力の影響は免れないでしょうねえ」

おじさんはまじめな顔でそんなふうに言う。

「あなたは漕《こ》がないんです。ぼくが漕ぐ。運転手が車や電車を動かすのと同じです」

と、エイフクさんは言った。

「しかし」

「真智さんのとこの自転車、電動アシスト機能がついてるよね？」

「それはここらではマストだもの」

「ちょっと取ってきてくれない？」

なぜわたしが、との思いがないわけではなかったが、ここまでくるとなんだかおもしろくなってきていたこともあり、坂を小走りに駆け上がった。玄関にとめてある自転車の鍵を解除し、坂下に戻るとふたりは立ち話をしている。

鞄は籠に乗せるとやや不安定なので、やはりおじさんが抱えて荷台に乗ることになった。エイフクさんは勢いをつけて自転車を漕ぎ出した。坂＋鞄のおじさんなので、重さがないわけではなかったと思うが、それなりにすいすいと漕ぎ進み、問題なく坂の上にたどり着くのを、わたしは早足で歩きながら見守った。

上まで着くと、おじさんはもうどこかへ行ってしまっていた。

「あれ、行っちゃったの？」

「うん。ここに来たかったんだって。そのへんを歩いてみますとか言って行っちゃったよ。あっという間に姿が見えなくなった」

「だいじょうぶなのかな、お金がないのに」

「本人がだいじょうぶだと言うんだから、だいじょうぶなんだろう」

「ねえ」

わたしは坂を上る途中で考えていた、あることを口に出した。

「思い出したんだけど、あの話は『鞄』だよ。安部公房《あべこうぼう》の。教科書に載ってたから読んだの。授業では扱わなかったんだけど」

「あれ、気づいてたんじゃないの？　ぼくは最初から」

「え？　知ってたの？　じゃ、あの人はなに者なの？」

「知らないけど、ファンじゃないの？」

「ファン？　一読者？　クリスマスのこの時間を、わたしたちはそんな人につき合ってたの？」

「わかるんだ、ああいうファン心理。小説内の登場人物をそのまま生きてみたい感じ」

わからない。わたしにはわからない。

でも、たしかにエイフクさんという人は、大昔の台湾の小説家の書いた短編を、まるでそのころの風景がいまもそこにあるかのように頭に思い浮かべながら、奇妙な散歩をしていた人物だったのだ、わたしたちが出会った、まさにその日には。


ここまで来たのなら、自転車を戻すついでにちょっと寄って休んでいくかという話になり、わたしたちは志桜里さんちのリビングで、志桜里さんの出してくれたお茶とおせんべいでクリスマスデートをスタートさせる羽目に陥った。しかも志桜里さんつきで。

「前にも話したと思うけど、このあたりは安部公房が住んでたところだからね」

鞄のおじさんの話は、志桜里さんの好物の類だったので、彼女は目をきらきらさせた。

「ファン心理で訪問する人がいてもおかしくないってこと？」

「マニアックだけど、鞄を持ってる時点で、ありきたりのファンでないことはわかる」

「志桜里さんが小さいころには、安部公房がこの辺に住んでたってことですか？」

「じゃ、覚えてる？」

「いいえ、まったく。わたしは覚えていませんよ」

志桜里さんはずずっとお茶をすすった。

「ほんとに小さかったし、そういう作家がいることすら認知していなかったわね」

「ちょっと残念だね。会って会話したりしてれば、自慢できたのに」

「『鞄』を書いたころはこのあたりに住んでたのかな」

「いま調べてみたけど、『鞄』は七〇年代の作品らしい」

「住んでたのは五〇年代の前半だけよ。でも、『鞄』は、ここらあたりで暮らしていた経験が書かせたのかもね。坂を避けるとほとんどどこにも行けないもの」

「まあ、東京の街はどこも、坂が多いですけどねえ」

「その中でもトップを争うのは文京区と港区。安部公房は港区には住んでないはず」

なにか異様な闘争心を港区に対して燃やす志桜里さんである。

「その鞄のおじさん、ここらへんにたどり着いたら、消えちゃったというのも妙ね」

言いながら、志桜里さんはヘンなふうに目を細める。

「あなたたち、蛙坂の狐にでも、騙されたんじゃない？」

「蛙坂の狐？」

「お稲荷さんがあるの」

わたしは早口で説明した。

「宗四郎《そうしろう》稲荷っていうの。わたしはお稲荷さん、ちょっと怖いから、あの道は通らないことにしてる。エイフクさん、そろそろ行こうよ。もうクリスマス・イルミネーション、とっくに始まってるし、志桜里さんといっしょにいると、クリスマスが『南総里見八犬伝』とか滝沢馬琴《たきざわばきん》とかの話になっちゃう」

「滝沢馬琴？」

「拓大の前の深光寺《じんこうじ》というところにお墓があるの。でも、真智ちゃん、馬琴の話は、いまはしないわ。それより狐の話よ。蛙坂はお稲荷さんだけど、金剛寺坂を下りたあたりには、明治のころにはほんものの狐がいたんだって、それは永井荷風が書いていてね、えっと、どこにあったかしら、『狐』っていう、幼少のころの思い出をつづった……」

志桜里さんの、坂と文豪の話が長くなる前に、わたしはエイフクさんを引っ張って家を出た。

後楽園のイルミネーションも見たし、高級スーパーにも寄ったたし、ホテルでクリスマスケーキを食べながらカラオケもした。翌日には上野の美術館にハプスブルク展を観に行って、その足で動物園にも行った。盛り上がらなかったわけでは、ない。

ないけれども、そうした普通のデートよりも、鞄のおじさんのために移動方法を考えているほうがイキイキとするエイフクさんが、そしてその日、台湾にとんぼ返りしていくエイフクさんが、どことなく遠く思えて、東京駅八重洲口で羽田空港行きのリムジンバスに乗るところまで見届けて、春休みには必ず台湾に行くからと約束して、地下鉄で家に戻る道すがら、なんどか大きな息を吐き、それが夜道に白く揺れるのを、ぼんやりと見つめることになったのだった。

わたしとエイフクさんの予定はぜんぜん嚙み合わなかった。

エイフクさんの大学が休みなのは春節のころで、一月の中旬から二月の中頃だというのだが、こちらは二月の十日まで試験があるのでその時期は無理だ。試験後すぐに渡台して、バレンタインデーをいっしょに過ごすというのはそれなりに名案に思えたのだが、二月の

新学期が始まる前に、ゼミ合宿だかワークショップだかなんだかに登録しているので、

「来てもいいけどあんまり遊べないな」

などと言われては、腹が立って行く気になれない。

ばかばかしいようなズレを乗り越え、ふたりの休みをなんとか合わせることができたのは三月の終わりから四月の頭で、わたしの台湾行きはその時期と決まった。

ぎくしゃくというか、がたぴしというか、若干不穏な空気の立ち込めた話し合いではあったが、最終的には春の再会を楽しみにはしていたのだ。ただ、ふたりの空気とはまったく別のところで、世界を巻き込む異様な事態は、すでに始まっていたといえるだろう。

話し合いが決着したのは一月半ばだったが、台湾では、武漢《ぶかん》発の特殊な肺炎についてのニュースが、非常に深刻に受け止められていた。中国からの渡航者が上陸制限されたり、マスクの買い占め騒動があったりしたらしく、日本ではどれも遠い話のように感じられていたので、わたしの反応もすこぶる鈍かった。

「だけど、真智さん。こっちじゃ、日本の検疫は、仏系って言われてるんだよ」

「ほとけ、けい？」

「いや、発音は違うけど、字はそう書くの」

「どういう意味なの？」

「仏だから、やさしいっていうか、寛大っていうか」

「親切、みたいな？」

「いや、まったく違う。意訳するなら、ザル系かな。つまり、厳しさがまったくない、検疫が意味をなしていないって感じ」

「仏系ねえ」

「だから、真智さんも気をつけて。うっかり感染したりしないように」

すでに習慣になっていたのか、画面の中でマスクをつけたエイフクさんが言った。

でも、一月なんて、誰もほとんど心配していないころだった。

わたしは年明けから、春日に近いところにあるおうちの中学生に、英語と国語を教える家庭教師のバイトを始めた。

うっかり感染はしなかったが、うっかり「富坂」で亀卦川《かけかわ》くんに出くわした。まあ、うっかりというのとも違うけれども、気をつけていれば、あるいは隙がなければ、出会わなかったかもしれない。

志桜里さんの家に住むことになって、文京区の坂についてあれこれ知るようになり、自分でも歩いてみてさいしょに気づいたのは、ここには「富坂」があるということだった。もちろん、志桜里さんみたいに、本を坂や地名中心に読むという癖はなかったから、坂の名前ですぐに気づいたわけではなく、志桜里さんの本棚に知っている本が挟まっていることがうれしくて手に取ったのが、その坂を意識したきっかけだった。

本郷台、伝通院《でんづういん》、小石川の坂、こんにゃく閻魔《えんま》、富坂……。

それこそ教科書に載っている、夏目漱石の『こころ』の舞台が、こんなに近くにあるなんて！　かの有名な、先生とKの物語は、志桜里さんの家から徒歩十分くらいの場所で進行するのだ。

志桜里さんに言わせれば「漱石の小説なんて、みんなこのあたりが舞台」なのだそうだが、わたしにしてみれば、富山で読んでいた名作の舞台を、自分が日常的に歩くようになったのが新鮮な驚きだった。

ただ、それに気づいたときは、気づいたというだけで、先生とKとお嬢さんの恋について、考えてみるなんてことはなかった。

「富坂」で、彼と出会うまでは。

大学から後楽園方面に春日通りを歩いている途中で、わたしはばったり亀卦川くんに出くわした。そう、ちょうど「富坂上」というバス停のあたりで。

エイフクさんは、夏にバタバタと渡台した折、借りていた部屋をほとんど居抜きのようにして友だちの亀卦川くんに譲り渡した。賃貸なのだから譲るというのも変で、亀卦川くんがちゃんと契約したのだが、荷物を整理する手間を惜しんだエイフクさんが、家具や家電を置いて行ったのだった。亀卦川くんはエイフクさんの中高の同級生で、C大学の理工学部に籍がある。高校を卒業してからは目白にある学生寮に入っていたのだが、そこから出て一人暮らしを始めたい亀卦川くんにとっても、家具付きアパートは魅力的だったのだろう。

C大学理工学部があるのは、まさに「富坂上」なのだから、亀卦川くんがそのへんに出没するのは奇妙なことではない。わたしとしても、その道は家庭教師先へのいわば通勤路であり、週に二日ほど歩く通りだった。

　エイフクさんが台湾に行く間際には、亀卦川くんは引っ越してきていて、一週間くらいふたりは同じ部屋で寝泊まりしていた。わたしも一回、その部屋で会ったことがあり、だからお互いに、「富坂」でばったり顔を合わせたときは、驚きつつも友好的な挨拶を交わした。同じ方向だから自然といっしょに坂を下ることになった。そんなことが一月中に、二度、あった。

　亀卦川くんの話題は、わたしにはとくに関心のない、大リーグやらNBAで活躍する日本人スポーツ選手のものなどだったが、二十一世紀の東京に戦前の台湾人作家の妄想があらわれたり、鞄のおじさんが徘徊したりしないのが、いっそすがすがしいように感じられた。亀卦川くん自身、体を鍛えていて、硬い腕やおなかの筋肉に触らせてくれたりした。

　大学が休みに入ると、亀卦川くんからバッティングセンターに誘われた。

　なぜバッティングセンターなのかは、亀卦川くんが得意だからという以外の理由が思い当たらなかったが、本人がうまいだけではなくて教えるのも上手で、言われたように足の位置を変え、バットの握り方を変え、腰を落としてとにかくリズムよくバットを振るようにしたら、遅い球ならなんなく当てられるようになった。

　亀卦川くんが打つ球は、カキーン、カキーンと、とてもいい音がした。

　そんなときにスマホが振動して、エイフクさんから連絡が入った。

「どこにいるの？」

エイフクさんはちょっと、不審そうな声を出した。

「うるさいね、そこ」

「バッティングセンターに来てるの。いま、亀卦川くんがここにいて」

「亀卦川？　なんで亀卦川？」

「道で会ったんだよ」

「道で会って、バッティングセンターに？」

「会ったのは、ちょっと前だよ。あ、代わるね？　いま亀卦川くん、打ってるから待って」

「いいよ、待たない。亀卦川に話したければ直接かけるよ。じゃ、またね」

そう言って、エイフクさんは電話を切った。

バッティングセンターを出たあと、亀卦川くんは家によっていかないかと、わたしに言った。飯、食っていきなよ、と。すごく自然な言い方だった。

「めちゃくちゃ行きたいんだけど」

と、わたしは言った。

「今日、志桜里さんの誕生日なんだ」

「友だち？」

「まあ、友だちっぽいけど、祖母なの。おばあちゃん」

おおお、なるほどね、ばあちゃんのお祝いすんだ、と亀卦川くんは言い、

「じゃ、この次ね」

と言った。

ちょうど富坂の下でわたしたちは別れ、亀卦川くんは西片方面に、わたしは富坂を上り始めた。失敗したような、後悔めいた感覚が胸を覆った。

志桜里さんの誕生日は、八月である。

なぜとっさにあんな嘘が口をついて出たかと言えば、直前に、エイフクさんと話したからに違いない。あそこで電話がかかってこなければ、亀卦川くんの部屋に行っていたような気もする。途中のスーパーマーケットかコンビニで食材を調達して、缶チューハイか発泡酒か、なにかそんなものを買って。

手元のスマホが振動して、メッセージが入ったのがわかった。亀卦川くんの名前が見えたから、一瞬考えて、そのままポケットにしまった。家に帰って開くと、「また行こうぜ」という文字とバットの絵文字があり、わたしはしばらく考えて、にっこり笑ってVサインを出しているパンダのスタンプを送った。

エイフクさんからビデオ通話がかかってきた。

なんとなく戸惑ってそのままにして、お風呂に入った。髪を洗って出て来て、こちらからかけてみたが、エイフクさんは近くにいないらしくて、呼び出し音がしばらく鳴ったあとでぷつんと切れた。翌日、折り返しの電話があったけれど、亀卦川くんの話題には触れ

ないうちに話が終わってしまった。

亀卦川くんからはその後、またバッティングセンターに行こうと誘われたのだが、わりと閉鎖的な建物の中であることも考えてやめにした。亀卦川くんはあまり気にしていなかったが、わたしはエイフクさんの危機感に少なからず影響されていたので、つい、換気だとかソーシャル・ディスタンスだとかを気にしてしまう。ダイヤモンド・プリンセス号から下船した乗客が公共交通機関で帰宅し、感染が確認された翌日のことだった。それに、なんというか、やっぱりエイフクさんのことが気になったのも事実。

にもかかわらず、亀卦川くんとはまた会った。

神に誓って偶然のことで、土曜日にアルバイト先のご家庭に呼び出され、期末試験のための特別強化授業をやった帰りに、ばったり富坂下で会ってしまったのだ。亀卦川くんは、近くにある評判のラーメン屋に行ってきたところで、これから腹ごなしに小石川植物園に行くんだけど、いっしょに行かないかと言う。もう、それは自然な感じで、ひょいっと行くよという雰囲気で、身構える必要があるようにも思えない気楽な態度で亀卦川くんは、

「梅が見ごろなんだってよ」

と言うのであった。

「えー、見たい～」

以外の応答を、ぜったい引き出さないくらい、それはあっぱれな気楽さだった。

「じゃ、行くじゃんね？」

そう言って、亀卦川くんは先に立って歩き始めた。

亀卦川くんの話題は、あいかわらずアメリカのプロスポーツに偏っていたが、植物園に入るとちょっと変わった。

少し坂を上がると、大きな銀杏の木がある。種子植物にも精子があることが発見された銀杏として名高いこの木の前で、しかし亀卦川くんはそのエピソードではなく、大学で聞いた話の受け売りだけどと前置きして、日本には千年以上の樹齢の大木がたくさんあると言われているわりには、銀杏は近代にならないと文学作品に登場しない、という話をしてくれた。いつ、銀杏が日本に来て根づいたのかは、いまだに謎なのだそうだ。小石川植物園には、ニュートンが万有引力の法則を発見したりんごの木の株分けしたもの、というのもあるのだけれども、その木の前では、りんごはペリーとともに黒船でやってきたという説がある、と解説してくれた。

「ちなみにりんごが正式に日本に移入されたのは、明治四年のことで、アメリカから苗木が送られて東京の青山に植えられたのがさいしょなんだよ。意外に最近のことでびっくりしない？」

亀卦川くんの専攻は都市環境学で、植物に関しては知識豊富。スポーツ以外のことも詳しいのだと知って、印象がちょっと変化した。

梅林はそれは見事だった。

わたしは底のすべりやすい靴を履いて出てきてしまっていたため、白樺の林を抜けて日本庭園におりていく坂のところで、足を取られそうになった。亀卦川くんが、手を差し出してくれたので、躊躇なくつかまって事なきを得たのであるが、わたしの頭にはつい、「濃厚接触」という言葉が浮かんでしまい、坂を降りる間中、それが頭の中を回り続けた。

ところが亀卦川くんは、そんなわたしの脳裏の四字熟語を知ってか知らずか、こんなことを話し始めたのである。

おれはね、エイフクのことは気にしてないんだ。

選ぶのは、きみ自身でしょう?

そうして、わたしたちは坂の下まで歩いてしまい、亀卦川くんは手を離した。

いい気になっているわけでも勘違いでもなく、断言するが、あのとき、亀卦川くんはキスしようとしていたはずだ。

濃厚接触。

それを阻んだのは、あのとき、わたしの意思というよりも、わたしの顔に嵌められた不織布マスクだった。ある意味、外に出るならマスクはぜったいつけろと言い続けた、エイフクさんに阻まれたと言えるかもしれない。

わたしたちは、こんにゃく閻魔まで、なんてことない会話を続け、亀卦川くんは西片方面に左折する刹那、
こう見えて、本気だからね、おれ。また連絡する。

と、言った。

わたしはそのまままっすぐ後楽園の駅に出て、右折して富坂を上り始めた。

選ぶのは、きみ自身でしょう？

というフレーズと、
濃厚接触
という四字熟語が、交互にわたしの頭を巡った。

そして、富坂を上りながら考えたのである。

あの、太宰治《だざいおさむ》の『人間失格』をおさえて、新潮文庫売り上げトップに君臨している国民的文学、夏目漱石の『こころ』において、真の主人公であるべきなのは、お嬢さんだよ。選ぶのはお嬢さんであるべきでしょう。男二人が生い立ちで負ったトラウマには同情するにしても、あんなふうに次々、男たちに死なれて、その上、「己の過去に対してもつ記憶を、なるべく純白に保存」するだなんて、そんなことができる人がいるなら、どっかぶっこわれてるよ！

もちろん、わたしとエイフクさんと亀卦川くんの関係は、名作とはなんら関係がない。単に、そのときわたしが富坂を歩いていたというだけの話だ。

眉間にしわ、口にはマスク、大股で、前かがみで、わたしは富坂を歩いていた。

ほどなくして、コンサートやスポーツ観戦など、人の集まる行事がどんどんキャンセルになった。三月に入ると小中高校が一斉休校になった。もちろん富山に帰ることはできなかったから、わたしは東京に居続けた。ホワイトデーに雪が降った。

ここ二週間が勝負ですと言われ、なんだかそんなことを二月にも聞いた気がしたけれど、ともあれみんな二週間ほど我慢して、それが過ぎて桜が咲いたころに、人々はもういいだろうと思って街や花見に繰り出し、そのせいでどんどん感染者が増えていった。

東京オリンピックの延期が決定された。

わたしの台湾行きもとうぜんキャンセルになった。外国人の渡航は拒否されて、上陸不可能になったのだ。それでも日本の行政はどこか的外れで、インバウンド需要がなくなるので国産牛の購入を促進するため「お肉券」を配るという、奇妙奇天烈な政策が提案された。四月に入るとなぜだか一世帯二枚ずつ、国から布マスクが支給されるという発表があった。四月一日だったから、多くの人がエイプリル・フールかと思ったけれど、ほんとうにそれが日本のコロナ対策と知って、わたしもさすがにうろたえた。

仏系。

その言葉をエイフクさんから聞いたのは、三つきも前のことだったのに。

そうして四月の頭に、緊急事態宣言が発令された。

わたしの恋は、台湾も富坂もストップした。ストップではないけれども、ソーシャル・ディスタンスな段階に入ってしまった。大学の授業も、家庭教師のバイトもオンラインに変わった。亀卦川くんからメッセージが入っても動けなかったのは、志桜里さんと暮らしていたからという事情もある。元気に見えても志桜里さんは高齢者で、若い時に煙草を吸いまくっていたせいで肺気腫を患っている。肺炎になったら一発で重症化してしまうだろう。トリアージという、聞き慣れなかった言葉も覚えた。もちろん、台湾のことが頭にあり続けたというのも真実だ。

世界中で、カップルや友人や離れて住む家族は、接触できない焦燥《しょうそう》の中におかれた。早くから万全の水際対策と検疫を徹底した台湾は、都市封鎖のような大仰な措置とは無縁で、社会的距離と行動変容を保ちながら、ふつうの生活を続けていた。エイフクさんが見せてくれる台北の街の様子は、強化ガラスのバリアに守られた世界みたいに見えた。

でも、その強化ガラスのバリアの中で、エイフクさんはつらそうだった。

「いますぐにでも、そっちに行きたいよ」

スマホ画面の中のエイフクさんはつぶやいた。

亀卦川くんがエイフクさんに何か伝えたのかどうか、わたしは知らない。エイフクさんは、富坂についてはなにも聞こうとしなかったけど、知らないわけがない。知らないのなら、逆に、それについて聞かないのは不自然だから。

なにかを選ぶとか決めるってのは、その時がくれば自然にそっちへ行くのよ。

いつだったか、志桜里さんが言った。富山のおばあちゃんに赤ちゃんを預けることに迷いはなかったのか聞いたときだったかもしれない。

わたしはその時まで待つことにした。どっちにしたって、わたしたちの世界はアクションが禁じられたものに変質していたのだから。

ある日、エイフクさんがスマホにジュゴンの映像を送って来た。

「パンデミックのせいで、タイの観光業は壊滅的な打撃を受けたらしい。ところが、旅行者の減少は、野生生物には恩恵だって。絶滅危惧種のジュゴンが群れで見られるなんて、かつてないことらしいよ」

そんなコメントが添えられていた。

ドローンで撮影された碧色の海を、三十頭以上のジュゴンがゆうゆうと泳ぐ。

それからなぜだか次々と、エイフクさんは動物の写真を送りつけてくるようになった。

舞い散る桜の下でうっとりと午睡を楽しむ奈良公園の鹿。

ハーバード大学の広々したキャンパスを嬉々として遊びまわる七面鳥。

人のいないイギリスの街中で集う山羊の群れ。

ロックダウン下のパリの街を優雅にお散歩する鴨。

「おおぜいのひとが亡くなったから、不謹慎に聞こえるかもしれないけど」

と、前置きして、スマホ画面の中のエイフクさんは言った。

「コロナはなんだかぼくたちに、地球の主役は人間だけじゃないんだと、教えているような気がしてさ」

ふと空を見上げると、四月の空は青く澄んでいて、たしかにもしかしたら、人間以外の生物には住みやすい世界が到来したのかもしれないとも思える。

会話を終了させ、わたしは志桜里さんに声をかけて外へ出た。

切支丹坂を下り、庚申坂を上ると、背の高いビルの並ぶ富坂の大きな通りにぶつかる。学校やスーパーマーケットが並び、いつもは車も多く行きかうその通りには、文字通り、人っ子ひとりいなかった。

この坂の多い町で、わたしの学生生活はようやく二年目に入ったところだった。だあれもいない坂の上で、マスクを外し、目をつぶって、ゆっくりと深呼吸した。

エピローグ

坂中真智は二年次によしんばといっしょに日本文化科に進み、三年後、大学を卒業した。京都に本社のある文具メーカーに就職が決まり、志桜里さんの家を出て引っ越しをした。志桜里さんは下宿屋稼業からの勇退を決断した。だから、真智のあとに志桜里さんの家に入った学生はいない。

引っ越し先は、永福颯太と二人で探した。颯太は神戸にある大学で助手をしている。よしんばは郷里鹿児島の進学塾に就職した。休みの度に帰ってアルバイトをしていた塾で、かなり前から採用は決まっていたとのことだった。

金子泉はロンドンにバレエ留学を決め、大学四年生の夏に成田空港から旅立って行った。

志桜里さんは、真智を京都に見送った日に、大好きなあらゆる坂道が詳しい解説つきで載っている写真集を手渡した。

「いつでも来て。ここは真智ちゃんの東京の家だから」

そう、志桜里さんは言った。

二人は抱擁を交わし、真智はキャリーケースに引っぱられるようにして坂を下った。

いちばん下まで行って振り返ると、白いシャツに黒のサブリナパンツの志桜里さんがまだ家の前に立っていて、ワイパーを思わせる大仰な身ぶりで両手を振っていた。

初出誌　「オール讀物」

フェノロサの妻　二〇二一年八月号
隣に座るという運命について　二〇二二年五月号
月下氷人　二〇二二年九・十月号
切支丹屋敷から出た骨　二〇二三年一月号
シスターフッドと鼠坂　二〇二三年九・十月号
坂の中の町　二〇二四年三・四月号
エピローグ　書き下ろし

中島京子（なかじま・きょうこ）
１９６４年東京都生まれ。２００３年、田山花袋『蒲団』を下敷きにした書き下ろし小説『ＦＵＴＯＮ』でデビューし、野間文芸新人賞候補となる。10年『小さいおうち』で直木賞を受賞。14年『妻が椎茸だったころ』で泉鏡花文学賞、同年刊行の『かたづの！』で柴田錬三郎賞と河合隼雄物語賞、歴史時代作家クラブ賞作品賞を受賞。15年刊行の『長いお別れ』で中央公論文芸賞と日本医療小説大賞、19年刊行の『夢見る帝国図書館』で紫式部文学賞、22年『ムーンライト・イン』『やさしい猫』で芸術選奨文部科学大臣賞（文学部門）、『やさしい猫』はさらに吉川英治文学賞を受賞。近著に『オリーブの実るころ』『うらはぐさ風土記』など。

坂《さか》の中《なか》のまち
二〇二四年十一月十日　第一刷発行
著　者　中島《なかじま》京子《きょうこ》
発行者　花田朋子
発行所　株式会社 文藝春秋
〒一〇二―八〇〇八
東京都千代田区紀尾井町三―二三
電話　〇三・三二六五・一二一一（代表）
印刷所　ＴＯＰＰＡＮクロレ
製本所　加藤製本
組　版　ＬＵＳＨ

ISBN978-4-16-391915-7

小さいおうち
中島京子
文春文庫